Maria da Glória Cardia de Castro

Minha alma é mulher
uma história de amor

Ilustrações: Mirella Spinelli

1ª edição
2012

© 2012 texto Maria da Glória Cardia de Castro
ilustrações Mirella Spinelli

© Direitos de publicação
CORTEZ EDITORA
Rua Monte Alegre, 1074 – Perdizes
05014-000 – São Paulo – SP
Tel.: (11) 3864-0111 Fax: (11) 3864-4290
cortez@cortezeditora.com.br
www.cortezeditora.com.br

Direção
José Xavier Cortez

Editor
Amir Piedade

Preparação
Alessandra Biral

Revisão
Alessandra Biral
Auricelia Lima Souza
Gabriel Maretti

Edição de Arte
Mauricio Rindeika Seolin

Dados Internacionais de Catalogação na Publicação (CIP)
(Câmara Brasileira do Livro, SP, Brasil)

Castro, Maria da Glória Cardia de
   Minha alma é mulher: uma história de amor / Maria da Glória Cardia de Castro; ilustrações Mirella Spinelli. — 1. ed. — São Paulo: Cortez, 2012. (Coleção Astrolábio)

   ISBN 978-85-249-1873-5

   1. Literatura infantojuvenil I. Spinelli, Mirella. II. Título. III. Série.

12-01156   CDD-028.5

Índices para catálogo sistemático:
1. Literatura infantojuvenil   028.5
2. Literatura juvenil   028.5

Impresso no Brasil — fevereiro de 2012

"Depois que se é feliz, o que acontece?
O que vem depois?"
Clarice Lispector

Introdução

Abro meu coração. Agora. Antes que minha história se torne banal e meus sentimentos sejam vulgarizados.

Olho o mar, verde, lindo, depois do longo e úmido inverno. Deste lado do mundo, três meses de chuvas são uma eternidade. Gostaria de seguir o sol, onde quer que ele estivesse. Desde que fosse ameno. No alto verão, há dias em que sinto estar sentado sobre a linha do Equador. Tórrido sol parece fundir meus pensamentos. O suor escorre quente por meu rosto e todo o meu corpo. Escondo-me, então, à espera da brisa da tarde. Como é bom esperar a brisa! A tarde!

É setembro. Logo mais estarei diante de nova estrada. Não sei aonde me levará. Só sei que preciso percorrê-la. Prefiro o risco das decepções e dos momentos difíceis à dor da covardia.

A questão é ir. Em frente. Contra a corrente ou contra a minha natureza? Violentar princípios, fundamentados não sei como nem por quem, ou violentar a mim mesmo e perder a esperança? A questão é ir. Em frente.

Não é fácil ter coragem. Escolher um percurso que já sabemos ser difícil. Mesmo sendo ele o único que o coração aponta como verdadeiro.

Esta página foi escrita por Marcos há mais de vinte anos. O papel de má qualidade, já amarelado pelo tempo e emendado em vários lugares, parecia querer dissolver-se em minhas mãos.

– Cuidado! – pediu-me ele, com delicadeza. – Escrevi isso aos dezenove anos. Exatamente no momento em que decidi assumir meus sentimentos, minha escolha, minha vida.

– Não quis continuar a escrever sua história? – perguntei-lhe. – Seria maravilhoso mostrar o lado nobre de uma opção tão corajosa, perseguida e bem-sucedida!

Ele olhou dentro dos meus olhos e por longo tempo ficamos os dois num silêncio emocionado, até que respondesse.

– Não! Preferi só viver minha história. E, se confiasse a você a missão de escrevê-la, aceitaria?

Assustada com a proposta e, ao mesmo tempo, fascinada pela história daquele homem carismático, bonito, de porte elegante, aceitei o desafio.

Não seria fácil a abordagem, uma vez que o tema central da história tem sido muitas vezes tratado com a mais injusta grosseria. Era preciso ver além da imagem que seu rosto másculo, seu corpo atlético e sua voz viril me transmitiam. Era preciso ver e ouvir sua alma, sensível e delicada, contar uma das mais belas histórias de amor que eu já ouvira.

Assim, despojada de toda e qualquer espécie de preconceito, de todo conceito sobre "normal" e "anormal" que ao longo da vida assimilamos, embarquei nesta viagem linda pelo interior de um ser humano e encontrei paisagens que agora revelo, algumas vezes tristes e sombrias, outras, de rara beleza.

1

Na Fazenda São Benedito, em pleno sertão nordestino, o dia começava antes do sol nascer. Às cinco horas, todos já estavam em volta de imensa mesa, tomando o café da manhã. Aristides e Maria, avós de Marcos, ocupavam as cabeceiras. Nas laterais, sentavam-se as duas filhas e os genros, cada qual se ocupando de sua prole numerosa. Conceição, a filha mais velha, casada com Paulo e mãe de Marcos, Pedro, Raquel e Luzia. Sua irmã, Aparecida, o marido, as três filhas e os dois filhos. Um deles, Nilson, poucos meses mais jovem do que Marcos, de quem era grande amigo.

Lá fora, ouviam-se as vozes dos colonos a se ocuparem do plantio e das criações, estas saudando o novo dia.

Era assim que se passavam as longas férias escolares de fim de ano. Todos reunidos. As crianças em grande algazarra, os adultos chamando-as, ou apartando suas brigas. Apenas os maridos de Conceição e Aparecida iam só nos fins de semana, pois trabalhavam na capital, a duzentos quilômetros dali.

A família, muito religiosa, ia inteira à missa aos domingos. Uma capela azul, colonial, fazia parte da paisagem do pequeno vilarejo próximo à fazenda. O padre, da mesma congregação do colégio onde Marcos e seus irmãos estudavam, vinha de uma cidade vizinha celebrar a missa.

Daí Marcos, coroinha dos padres da escola desde os nove anos de idade, ter sido convidado a ser também seu coroinha. Ajudava os padres com tal interesse e dedicação que, aos dez anos, seria capaz de celebrar a missa sozinho e em latim, como era costume na época.

– Isto não é possível! – dizia o avô à filha. – Esse menino vai acabar querendo ser padre!

– Qual é o problema, pai? Se ele quiser ser padre, que seja! – respondia Conceição, a quem a carreira eclesiástica não desagradava.

Aristides não queria nem ouvir falar nisso. Marcos era o neto mais velho e a preferência do avô por ele, embora não chegasse a ser notória, não passava por todos despercebida. Amava cada um de seus netos, mas aquele era seu mimo e em quem depositava as maiores esperanças.

– Não diga isso, Conceição! Esse menino é muito especial. Não vê como cuida das criações? Das plantas? Vai ser veterinário, talvez engenheiro agrônomo.

Conceição concordava para encerrar a discussão. Afinal, era cedo demais para discutirem aquele futuro.

As crianças, lá fora, corriam pelo pomar, montavam barracas, inventavam toda sorte de brincadeiras. Marcos e Nilson protegiam os menores das brincadeiras mais brutas. Às vezes, uma das meninas propunha:

– Vamos brincar de casinha?

Quando todos concordavam, Marcos assumia a liderança:

– Tá bem! Eu sou a mãe. Quem quer ser o pai... os tios... os filhos?

Faziam a distribuição dos papéis, passando horas entretidos.

Certo dia, Raquel, um ano e meio mais nova do que Marcos, irritou-se:

– Qual é, Marcos! Ontem você já foi a mãe. Anteontem, quando a porca deu cria, você quis ser a enfermeira e só você cuidou dela! A gente ficou só olhando. Outro dia, você quis ser a rainha do reino! E eu? E a Luzia? E os outros? A gente fica só de bobeira, é? – assim, com as mãos na cintura, falava sem parar. Puxando a coberta que servia de barraca, começou a chorar e foi correndo para casa, contar tudo à mãe e ao avô.

Marcos ficou com os outros, lá atrás, parado, pensando. Nunca vira a irmã tão furiosa! Afinal, por que não podia escolher, na sua opinião, os melhores papéis? Era o mais velho! Além disso, todos sempre estavam de acordo!

No jantar, à mesa, Raquel ainda enfezada, Aristides, que ouvira as queixas da neta, falou a Marcos:

– Da próxima vez seja o rei, o médico, o pai... pra que pegar o lugar das meninas nas brincadeiras?
– Ah!... eu gosto. Acho mais legal! – falou Marcos, meio sem jeito.
– É só brincadeira, vô! – disse Nilson, vendo que o primo estava prestes a chorar.

Embora seu avô e sua mãe ficassem muito intrigados com suas preferências nas brincadeiras, ninguém tocou mais no assunto. Marcos passou vários dias sem querer brincar, cuidando das plantas e da porca que dera cria. Nilson chamava por ele. Pedro implorava para que viesse brincar. Raquel pedia desculpas, Luzia e as primas diziam que não se importavam de não serem a mãe ou a rainha, elas seriam princesas. Mas Marcos precisou de tempo para se reencontrar entre eles.

Tempos depois, numa dessas férias inesquecíveis, Marcos e Nilson, ambos com doze anos, resolveram pegar os cavalos e percorrer os campos da fazenda. O céu escurecia enquanto cavalgavam, anunciando tempestade próxima.
– É melhor a gente voltar! – disse ele ao primo.

Nilson não respondeu. Marcos percebeu que o primo cavalgava como se deslizasse sobre nuvens. Olhos semiabertos, concentrado em si próprio.
– Vamos voltar, Nilson! – gritou, trazendo o primo de volta de algum sonho longínquo.

Começaram a frear os cavalos. Nilson saltou para o chão, gemendo, um pouco curvado sobre o ventre, de

costas para Marcos. Este, assustado, correu para socorrê-lo. Aproximando-se, Nilson o afastou:
– Sai daqui! Resolvo sozinho!
Encostou-se ao barranco, abriu o zíper da calça e tirou seu pênis ereto. Com a mão, segurava-o. Marcos não sabia o que fazer. Queria ajudar Nilson, sem saber como. Olhava para ver se não vinha ninguém, temendo que vissem o primo acariciando assim o próprio sexo, tão aumentado e exposto. De repente, começou ele também a sentir algo estranho, que nunca antes sentira. Gemeu baixinho, de susto. Nilson aproximou-se dele; passando a mão, sentiu que o pênis de Marcos também endurecia.
– Tira ele daí! – gritou. – Faz mal deixar ele preso quando quer sair!
Marcos segurava seu sexo, assustado. Nilson, bem mais escolado, com uma das mãos, abriu o zíper da calça do primo e tirou dali o pênis sufocado.
– Segura o meu. Eu seguro o seu – disse Nilson, pegando a mão de Marcos e levando-a ao lugar desejado. E pedia ao primo que fizesse no seu o mesmo que fazia no dele.
Ao final, exaustos, estenderam-se de costas no chão. A chuva começou a cair forte. Dos olhos de Marcos, corriam lágrimas que se misturavam às águas da chuva. E ele murmurava:
– Meu Deus! Me perdoe! Eu não queria pecar... nunca mais vou fazer isso... eu juro...

– Tá maluco! – reagiu Nilson ao ouvi-lo. – Isso não é pecado! Foi Deus quem deu este sexo maravilhoso pra gente!... Na hora que a gente precisa, nunca tem uma mulher por perto pra socorrer!... Um mexeu no do outro, em vez de cada um mexer no seu! Onde é que tá o pecado?

Marcos, chorando, ouvia o que o primo dizia. Não queria saber de nada, só sair dali para bem longe. Levantou-se, encharcado de água e de lama, e foi até onde os cavalos estavam atados. Nilson seguia-o, resmungando, sem entender a razão do primo estar tão chocado.

No caminho de volta, ambos calados, os cavalos caminhavam em passos lentos, pois ainda chovia. Ao se aproximarem da fazenda, Nilson perguntou:

– Você nunca tinha ficado assim antes?

– Não – respondeu Marcos, olhando sempre adiante.

– É por isso que tá tão nervoso, primo. A primeira vez que aconteceu comigo, eu também fiquei assustado – disse Nilson, tentando acalmá-lo. – Isso não é nada. Se não fosse hoje, seria outro dia.

Marcos parou seu cavalo. Nilson fez o mesmo. Agora, olhando nos olhos do primo, disse com firmeza, para não deixar dúvida:

– Esqueça pra sempre o que aconteceu, Nilson! Pra sempre! Nunca mais fale nisso! Com ninguém! Entendeu?

Recuperado o autocontrole, Marcos voltava a si. Sempre, desde muito pequeno, liderou todo e qualquer grupo. Os irmãos, em casa. Irmãos e primos, na fazenda. Colegas, na escola. Dotado de grande carisma, não havia quem não gostasse dele desde a primeira vez que o visse. Essa ascendência sobre os outros não lhe era de todo inconsciente. Percebia a força que tinha, sem ostentá-la, como se seguisse um processo consciente para equilibrá-la. Fazia concessões, mas não abria mão do que achava justo.

Nilson, embora na questão de sua sexualidade estivesse em vantagem sobre ele, sentia a ascendência do primo e, em tudo o mais, submetia-se à sua voz de comando.

– Tá bem, primo. Nunca mais falo nisso. Prometo!

Chegaram à fazenda. Os avós, temendo a força da tempestade, já haviam mandado procurá-los nos campos. Mas afinal a chuva apenas caiu muito forte, sem causar danos.

– Que medo eu tive de que começassem a cair raios, vocês no campo aberto... Graças a Deus estão de volta! – dizia vó Maria, apertando a cabeça de Marcos contra o peito. Depois, abraçou Nilson com carinho.

Naquela noite, depois do jantar, vô Aristides, com todos os netos à volta, propôs ler ou contar uma história. Todos concordaram e pularam de alegria, exceto Marcos, que pensou poder se afastar sem ser notado.

– Hei! Rapaz! – chamou-o o avô. – Você não vai ouvir a história do vô?

Marcos preferia andar um pouco no sereno, ouvir os grilos e os sapos, pensar. Mas como dizer não àquele avô de olhar tão penetrante, de cujo amor jamais duvidara?

– É que o Silvino tá lá às voltas com a égua que deu cria, vô. Eu ia ver se a égua e o potro tão passando bem...

– Já está tarde, filho, deixe pra amanhã bem cedo, vamos juntos.

Marcos voltou e se sentou ao lado do avô, em silêncio, como os outros.

Aristides tinha o hábito de, pelo menos uma noite na semana, ler ou contar uma história aos netos. Depois, pedia que discutissem entre eles e que pensassem na história que acabara de narrar. No dia seguinte, fazia perguntas aos mais velhos. Algumas das crianças, por serem ainda muito pequenas, apenas participavam daquele momento.

Havia, entre as histórias que contava, muitas inventadas por ele mesmo, uma que comovia Marcos desde que ele era bem pequeno. Falava de uma ovelha que se perdia, do sofrimento dela buscando o caminho de casa até ser apanhada por alguns homens que a levavam ao matadouro. Antes mesmo do final da história, Marcos já começava a chorar. Seus irmãos e primos achavam graça dele chorar cada vez que ouvia aquela história. Aristides evitava contá--la, só fazendo isso em tempos espaçados e desde que Marcos concordasse. Mas a reação dele era sempre a mesma.

Ali reunidos, naquele momento, o avô perguntou que história queriam ouvir naquela noite. Cada qual disse uma diferente. Foi Nilson, calado até então, que propôs:

– A da ovelha, vô. Conta a da ovelha.

Não foi por maldade que pediu. Dentro dele pensou: "O primo hoje tornou-se um homem, não vai chorar mais por uma besteira".

Aristides olhou para Marcos e quis saber:

– Você não vai chorar mais por uma historinha, não é mesmo? Já é quase um homem!

– Pode contar, vô, sem problema – respondeu ele, sem que se sentisse aborrecido com a proposta do primo e sem atinar com a intenção dele ao pedir aquela história.

Quando Aristides chegava ao final da narração, duas lágrimas rolavam dos olhos fechados de Marcos. Seu queixo tremia, contendo o soluço.

Nilson, inquieto, percebendo o primo chorar, cutucou o avô. Este parou a narração de imediato, as crianças todas olhando para ele, fascinadas como sempre por seus gestos e sua voz. Colocando o indicador nos lábios, pediu-lhes silêncio.

– Marcos! Esta história não termina mais como antigamente. Quando os homens a pegam para levar ao matadouro, você chega. Muito valente, sem armas, só com as mãos e o olhar, liberta a ovelha das mãos deles.

Enquanto todos aplaudiam o final inesperado, Marcos soluçava no peito do avô. Com certeza deixava explodir de uma só vez todas as emoções daquele dia. Nilson, aborrecido consigo mesmo, como se tivesse entendido a alma do amigo, pedia desculpas.

2

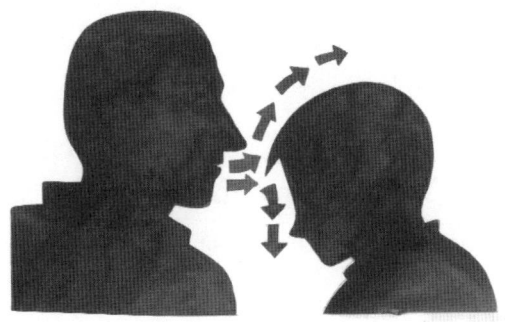

A escola de Marcos era austera. O próprio prédio, cinzento, com seus longos corredores brilhantes como espelho, pelo trato permanente, impunha disciplina.

Padre Inácio, homem culto e sensível, dirigia-a com pulso firme, atento às fraquezas dos jovens alunos. Amava seu "rebanho". Haveriam de sair dali "rapazes e moças dignos de enfrentar o mundo lá fora, a cada dia mais competitivo e violento", como sempre dizia.

Marcos lá estudava desde o Jardim da Infância. Ali foi coroinha nas missas de domingo dos nove aos treze anos, quando pediu para ser substituído por outro. Padre Inácio, inconformado com a perda de auxiliar tão dedicado, pedia-lhe que repensasse. Mas Marcos estava decidido. Além da insistência do pai e do avô para que deixasse aquela obrigação, apesar de ambos serem católicos praticantes, havia os conflitos próprios de sua idade, que afloravam em seu espírito. Começava a questionar tudo e ficava cada vez mais difícil de encontrar respostas que o satisfizessem.

Cursava, agora, a oitava série. Era responsável de classe, um dos líderes do grêmio, jogava vôlei, gozava de bom conceito entre colegas, professores e padres. Padre Inácio tinha por ele um carinho paterno, vira-o crescer, conhecia suas potencialidades, sentia que aquele menino teria um futuro brilhante. Como era cria da casa, concedia-lhe certas regalias.

Uma delas, a seu ver gratificante, enfurecia Marcos, que corava de vergonha diante dos colegas. Às vezes, envolvido em brincadeiras e jogos no recreio, estremecia ao ver Rosália, servente antiga da escola, aparecer à janela, de onde gritava:

– Marcos! Padre Inácio tá chamando pro lanche!

O sangue subia-lhe à cabeça. Tinha vontade de esganar aquela servente gorda, que poderia chamá-lo de maneira mais discreta. Para piorar as coisas, havia sempre um engraçadinho que provocava:

– Vai lá, bem! Vai lá, chuchu do padre Inácio!

Houve um dia em que precisaram segurá-lo para que não avançasse no autor da graça.

Padre Inácio punha-o à vontade, perguntava de seus projetos, do andamento da turma, dos problemas do grêmio. Admirava-se da maneira sincera e clara com que Marcos defendia os mais fracos, os menos favorecidos, os mais feios, enfim, os que estavam sempre perdendo.

Ele também gostava muito de padre Inácio, que devia fazer a mesma coisa com alguns outros alunos, mas com certeza convocados com maior discrição. No entanto, teria preferido que ele o esquecesse por períodos mais longos. Pelo menos uma vez por mês era submetido àquele ritual, que sentia mais como humilhação do que como prêmio.

"Saco!", pensava ao final do lanche, de volta para a classe. Lá entrava sem dizer nada e calado ficava pelo resto do dia.

Os colegas não chegavam a invejá-lo, pois padre Inácio era muito severo e a maioria deles o temia.

Começava o segundo semestre do ano letivo. Mais alguns dias, Marcos completaria quinze anos.

Certo dia, um professor acabava de entrar na classe, bateu à porta padre Manuel, secretário da escola, chamando Marcos lá fora. Ao sair, viu que ao lado do padre estava um rapaz, mais ou menos de sua idade.

— Este rapaz, Marcos, está chegando de São Paulo e vai continuar a oitava série conosco. Rafael... — apresentou-o a Marcos. — Começa amanhã, não é mesmo?

Rafael concordou, sorrindo. Marcos mediu-o dos pés à cabeça. Uma antipatia imediata impediu-o de retribuir o sorriso.

— O professor já entrou. Amanhã apresento Rafael à turma, tá bem? — como o padre concordou, pediu licença, despediu-se do rapaz e entrou.

Rafael era o filho caçula de conhecido empresário da cidade. Estivera em São Paulo, na casa dos tios, cursando a sétima série e o primeiro semestre da oitava. Mas não se adaptara muito bem à grande metrópole. Preferiu continuar os estudos ali mesmo, próximo à família. Tinha um irmão mais velho, Mauro, já casado. E uma irmã acima dele, Elisa, que terminava Odontologia em São Paulo.

Alguma coisa naquele garoto, pouco mais baixo do que ele e de olhar brincalhão, incomodara Marcos. "Arzinho debochado. Parece que tem rei na barriga!", pensou, já na classe, sem sequer saber de quem se tratava.

Ao término da aula, juntava seu material para sair. Carla, a seu lado, não perdia dele um só movimento. Apaixonadíssima, desde a sexta série, seguia-o por toda a parte. Como moravam próximos um do outro, por mais que tentasse escapar da companhia dela, raramente o conseguia quando da escola ia direto para casa.

– Vou com você, Marcos! – comunicou ela, apressada.

– Hoje, não. Vou passar num lugar aí. Vou sozinho, tá!

Carla partiu aborrecida. Ele mudou o percurso para que ela não o visse. Queria estar só. Já não aguentava o charme que ela tentava jogar o tempo todo para cima dele. "Menina apaixonada é um inferno!", dizia a Raquel, sua irmã, quando esta, morrendo de pena de Carla, cobrava seu desinteresse por ela.

– Ela é tão bonitinha, mano! Não sei por que tem tanta bronca da menina!

– Num tô interessado nela! Não enche! – respondia para encerrar o assunto.

Apesar de não ter completado quinze anos, seu senso de responsabilidade aliado à altura e ao porte de homem quase feito faziam que sobre ele recaíssem muitas cobranças.

Assim tão cobrado, acabava de fato por assumir, diante da família, na escola e em tudo o que fazia, postura de adulto. Esqueciam-se todos de que ainda era um menino e de que, dentro dele, pesavam todas as inseguranças próprias do momento que vivia. No entanto, a criança e o moleque que viviam em seu interior explodiam de alegria no recreio, nas quadras de vôlei e competições do grêmio. Era isso, justamente. Isto é, a segurança que passava e a paixão pela vida, apesar de seus conflitos, fascinavam as pessoas que o cercavam, adultos e crianças.

Sempre muito solicitado, seu ego estufava-se, naturalmente. Rapaz bonito, de grandes olhos castanhos e cabelos cor de bronze, Carla apenas era a fã mais ardorosa. Havia outras, na classe e fora dela, que o disputavam. Ele passava por cima de tudo, fazendo de conta que não entendia, sem se interessar por nenhuma. Embora gostasse de ser assim apreciado.

Os meninos achavam-no às vezes meio estranho por não gostar, e até mesmo fugir, de certos programas. Mas viam nele uma espécie de protetor. Levava as reivindicações de sua classe e do grêmio até o fim e era um bom companheiro. No entanto, na hora de mandar calar a boca, não hesitava, nem brincava. Aí, seu porte desenvolvido ajudava. E todos se calavam.

Naquela tarde, para escapar de Carla, dera muitas voltas antes de ir para casa. Quando voltava com Pedro, seu irmão, ou com algum colega, Carla comportava-se melhor. Mas sua classe fora liberada mais cedo, Pedro ainda ficara na escola e os colegas tomaram outro rumo. Não quis acompanhá-los. Queria chegar em casa, sentar-se no jardim, esperar o jantar, a Lua e as estrelas. Precisava, vez por outra, de um tempo para si mesmo.

Paulo, seu pai, tivera com a mulher séria conversa na noite anterior e decidira fazer a Marcos uma proposta. Assim, depois do jantar, sentado apenas com ele na varanda, conversou por longo tempo com o filho. Foi quando Marcos lhe disse que, no ano seguinte, iniciaria o curso de Magistério[1], pois pretendia ser professor de Educação Infantil.

– Mas... isso não é profissão de um homem! – assustou-se Paulo, diante da revelação do filho.

– Por quê? Qual é o problema de um homem ensinar crianças? Eu adoro crianças! – reagiu ele.

– Mas há tantas profissões que oferecem melhor futuro! Um dia se casará e terá de sustentar a família! Além dessa profissão ser mais pra mulher, ainda é mal paga!

– Depois do Magistério, vou cursar a faculdade de Pedagogia. Já me informei e vou poder também dar aulas na universidade. E, se vou casar ou não, só Deus sabe – Marcos estava decidido a defender o direito de ser o que queria, a qualquer preço.

– Já falou sobre isso com sua mãe? – quis saber Paulo.

– Meio por alto. Só decidi agora, que entramos no segundo semestre. Padre Inácio também quis me fazer desistir, mas eu o convenci de que é isso mesmo que eu quero.

---

1. Atualmente, corresponde ao curso de Pedagogia.

Naquela capital, lá nas terras nordestinas onde viviam, o cuidado com o "filho homem" era muito grande. Aos doze anos, menino já era macho testado e aprovado e já não chorava por qualquer besteira! Paulo e Conceição preocupavam-se, ultimamente, por ser ele tão diferente dos rapazes de sua idade. E em tantos aspectos! Sua personalidade forte, em contraste com sua sensibilidade feminina, confundia-os muitas vezes. Pedro, mais novo quase três anos, era tão diferente! Tinha orgulho de ser macho e mostrava com clareza sua alma masculina. Os sobrinhos também. E as filhas e sobrinhas que, por revelarem tendências nítidas, tudo como previsto e conforme até ali conheciam, não lhes despertavam a menor dúvida. Marcos sempre saía pelo lado contrário, desde pequeno, tirando-os da rota.

– Bem, Marcos, conversaremos mais sobre isso depois – disse Paulo, meio desconcertado, indo em seguida direto ao assunto. – Hoje eu quero fazer uma proposta a você. Afinal, vai completar quinze anos. Já é um rapaz... um homem... sei que é chato falar sobre isso, mas você já... deitou, isto é, já transou com uma mulher?

Marcos esperava tudo do pai, menos aquela abordagem. Estava pálido, suava frio, quando, respondendo a uma das perguntas, confessou às vezes masturbar-se no banho. Custara tanto para se livrar da culpa quando dava prazer ao seu próprio corpo! Enchia seu quarto de preces e pedia perdão, até o dia em que começou a pensar que, se Deus não lhe pedia conta das dores que às vezes sentia, por que pediria do bem-estar que a natureza lhe dava? Paulo também tratava do assunto com espontaneidade forjada. Sabia que com seu outro filho jamais passaria por esse momento crítico, pois, na idade de Marcos, Pedro já deveria ser mestre no assunto.

– E no que você pensa... quando está se masturbando? – perguntou ao filho.

– Em nada – respondeu Marcos, sem jeito, sabendo que aquela resposta estava errada.

– Não pensa numa mulher, numa menina, na Carla, tão apaixonada por você... não tem vontade de acariciar os seios dela, de...

– Não, pai! – cortou Marcos, já não aguentando a conversa.

– Pois é, filho... eu queria propor que no seu aniversário fôssemos os dois pra Salvador... Lá, eu alugaria uma mulher bonita e saudável pra você começar a conhecer a beleza, a delícia... Já tá na hora de começar...

– Tá doido, pai? – levantou-se indignado. – Eu não quero conhecer mulher nenhuma! E só eu posso saber da minha hora! – a sua vontade era de sair correndo pelas ruas, chorando, pedindo que o deixassem em paz. Sua mãe, sua irmã, seu avô, seu pai, todos a lhe cobrarem uma virilidade e um interesse que ainda não sentia! Correu para o quarto e chorou por muito tempo. Seus pais cansaram de bater à sua porta, que não se abriu.

3

A partir daquela noite, nunca mais se tocou no assunto em família. Conceição, muito religiosa, entregou o futuro do filho nas mãos de Deus. E, a partir dali, Marcos ficou mais atento sobre si mesmo. Sentia que era diferente dos outros, e queria saber por quê.

Às vezes, passava tempos diante do espelho. Olhava dentro dos próprios olhos e dizia: "Eu... eu sou eu... eu...", até quase sentir vertigem. Olhava seu corpo, achava-se bonito, mas sentia-se estranho. Gostava de seus colegas. Mas não apreciava o jeito deles, correndo o tempo todo atrás das meninas. Não sabiam falar de outra coisa! Gostava delas também e não se aborrecia que o admirassem, no entanto sentia arrepio quando dele se aproximavam, pegajosas. Por que seria obrigado a pensar nelas quando se masturbasse? Não tinha vontade nenhuma de acariciar seus seios! O que havia de tão errado nisso?

Nos dias que se seguiram, apresentou Rafael aos professores, colegas da classe e do grêmio. Cumprida essa incumbência, que era sua, afastou-se, pois sentia pelo novo colega verdadeira aversão. A tal ponto que preferiu não ir dias depois a uma excursão da escola, que há tempos queria fazer, só para não compartilhar o dia com ele.

Rafael percebeu logo a antipatia que nele despertara. Mas, como Marcos, era orgulhoso. Esperava o momento oportuno de quebrar aquela resistência. Isso o levou a uma observação sistemática e minuciosa de tudo o que Marcos fazia. Não perdia dele um gesto, uma única palavra, um momento de silêncio. Integrou-se à equipe de vôlei e revelou-se bom jogador.

Na verdade a antipatia de Marcos era gratuita. Rafael era alegre, dono de um humor incrível. Espirituoso, transformava tudo em piada. Não tardou a conquistar a simpatia de todos. No entanto, sem o poder de liderança de Marcos, acatava, com os demais, sua autoridade como responsável da turma. Não sem lançar sobre ele seu olhar brincalhão, o que irritava Marcos profundamente.

Preparavam o grêmio para o baile da primavera, que se realizava no colégio todos os anos. Os padres participavam das brincadeiras e tudo se passava em clima de grande alegria. Todos participavam dos preparativos, inclusive Rafael. Este, muito solícito e cheio de habilidades, consertou o som quebrado, pendurou festões no salão, enfim, ocupou-se daquilo que ninguém gostava ou sabia fazer. Com isso, Marcos começou a pensar se não estaria sendo injusto com ele.

O dia do baile chegou. Carla seguia Marcos o tempo todo. Para livrar-se daquela perseguição incômoda, dançou com ela uma valsa, depois com suas irmãs.

25

— Estou satisfeito — disse a padre Manuel, que ocupava uma mesa estratégica, posta à frente do salão, e de lá vigiava a garotada.

— Não vai dançar mais, Marcos? — perguntou o padre sem desviar os olhos dos jovens alegres, naquela festa bem comportada.

— Não — disse Marcos laconicamente, desviando os olhos do olhar insistente de Rafael. Este era um rapaz também atraente e já fazia sucesso entre as meninas. Naquele momento conversava com Carla, de cuja paixão por Marcos tinha pleno conhecimento.

Tudo transcorreu conforme as normas do colégio. Nenhum incidente. Essas festas deixavam sempre gratas lembranças.

A partir daí, Marcos já não hostilizava Rafael. Passou a tratá-lo igual aos outros. Com ele conversava, jogava, corria, mas era seu feitio manter de todos certa distância, defesa instintiva para assegurar sobre o grupo a autoridade de líder.

Poucos meses depois, perdeu o avô. Perda difícil de superar. Figura importante em sua vida, com quem nunca tivera uma conversa íntima, sobre si mesmo, mas que lhe ensinou muitas coisas. Com ele aprendeu a amar um grão de areia, a respeitar a natureza e a ouvir a voz dela. Logo a seguir, morreu sua avó, que não suportou a ausência do marido, com quem dividira a vida toda. E a quem Marcos amava muito também.

Seus pais e seus tios, desconhecendo a situação da fazenda, na ocasião do inventário, tiveram a surpresa de sabê-la hipotecada havia muito tempo. A dívida, absolutamente fora de suas possibilidades financeiras, não pôde ser saldada. Além disso, Aristides ajudava muito as duas filhas. Os estudos dos netos, por exemplo, correram sempre por sua conta. Enfim, a morte do pai desestruturou a vida de Conceição e Aparecida.

O colégio, apostando no futuro de Marcos, concedeu-lhe bolsa de estudos. Dando ainda bom desconto a Pedro, Raquel e Luzia. Seus pais tudo fariam para mantê--los naquela escola, que desfrutava excelente conceito na cidade. Sua mãe passou a costurar para fora, ajudando assim o marido.

Todo domingo, hábito sempre mantido, Aparecida almoçava com a família na casa da irmã, mais espaçosa do que a sua. Os primos se adoravam, cresciam juntos. Marcos e Nilson, depois daquele episódio na fazenda, evitaram sempre falar sobre assuntos que avivassem a lembrança. Mas continuavam grandes amigos. Ultimamente, Nilson vinha com muito menos frequência, pois namorava uma menina em seu bairro e quase sempre ficava por lá aos domingos.

Marcos agora cursava, pela manhã, o primeiro ano do Magistério, contra a vontade dos pais. Ao mesmo tempo, seguia à tarde o Científico[2]. Rafael cursava, também à tarde, o primeiro ano do Científico, mas em classe separada. Continuavam juntos na equipe de vôlei, participavam das reuniões e eventos do grêmio. Há algum tempo, ao se encontrarem, sentiam certa eletricidade no ar. A impressão, no entanto, desfazia-se logo, deixando-os à vontade.

---

2. Atualmente, corresponde ao Ensino Médio.

Num domingo, Marcos estava à janela de sua casa conversando com Pedro quando, de repente, viu Rafael do outro lado da rua. Os braços cruzados, como se estivesse à sua espera. Por alguma razão que não compreendeu de imediato, afastou-se depressa com o irmão, para que este não visse o outro, lá parado. Em seguida, dando uma desculpa qualquer, saiu sem ser notado. Muito desconfiado, encaminhou-se até a esquina e Rafael veio encontrá-lo.

– O que está fazendo, parado na frente da minha casa?
– perguntou, achando de fato estranha aquela aparição.

Rafael era muito desenvolto e objetivo, não perdia o rumo por qualquer razão.

– Calma! Eu só queria conversar com você. Há muito tempo descobri seu endereço e é a segunda vez que fico ali, à espera de que me veja.

– A gente se encontra todos os dias na escola, pra que vir até aqui?... Já que veio, por que não me chamou?
– Marcos estava realmente intrigado, embora não achasse aquela surpresa desagradável.

– É que queria um papo mais solto, menos formal. Sempre tive curiosidade de conhecer você fora da escola. Não chamei porque... achei que podia se aborrecer, preferi que me visse e viesse... se quisesse vir.

Marcos ficou calado, meio inquieto. Rafael retomou a palavra.

– Que tal a gente dar uma volta de ônibus? Aquele que percorre a orla e circula pela cidade. Daria tempo da gente conversar bastante – propôs.

Marcos sentiu certo desconforto interior. Ao mesmo tempo, gostava do jeito com que Rafael resolvia as coisas. Além disso, não queria ser visto ali por alguém de sua casa. Aceitou então a proposta e eles começaram a caminhar, sem dizer uma só palavra.

Já no ônibus, Rafael sentado ao lado de Marcos, apenas sorria quando este o olhava cobrando o tal papo solto, informal, ou fosse lá o que fosse. Assim calados, percorreram alguns quilômetros. Até que Marcos começou a sorrir também cada vez que Rafael lhe sorria. De repente, os dois desataram a rir. Riam como duas crianças, sem que conseguissem parar e sem dizer nada. Os poucos passageiros do ônibus, contagiados pelas gostosas gargalhadas, também riam. Era indescritível a alegria dos dois.

O ônibus já havia percorrido metade do caminho, quando conseguiram controlar-se e se olharam, os olhos cheios de lágrimas de riso.

– Há muito tempo eu queria este encontro – disse Rafael. – Sabia que ia ser bom.

– Eu também – disse Marcos. – Só que eu não sabia que queria.

E ambos seguravam o riso para poderem dizer alguma coisa, tal como: "Que domingo bonito!", ou: "Adoro andar pela orla, o mar me descansa", ou mesmo: "Que bom que a gente pegou este ônibus!". Enfim, conversa sem importância alguma, pois ambos se conheciam o suficiente.

Terminada a volta do ônibus, Marcos pediu para Rafael não saltar com ele no mesmo ponto.

– Tá legal! – concordou Rafael. – Só que vou vir outras vezes pra gente sair junto.

Na casa de Marcos, todos estranharam seu súbito ar radiante. Sobretudo após a morte dos avós, ele andava tristonho e deprimido. Como se ausentara por algum tempo, sua mãe segredou ao seu pai:

– Vai ver encontrou a menina que procurava. Viu como seus olhos estavam brilhantes?

– Pode ser – respondeu Paulo, não muito convencido. Havia tempos observava o filho e às vezes sentia estranho temor no coração. Sabia que sua mulher sentia o mesmo. Mas nenhum dos dois queria parar e questionar o assunto mais a fundo.

Rafael passou a ficar à espera de Marcos nas proximidades de sua casa pelo tempo que fosse preciso, até que ele o visse. E isso quase todos os domingos. Como Marcos não sabia a que horas ele chegaria, ia várias vezes à janela, ou ao jardim, ansioso. Quando o via, de longe, dava uma desculpa qualquer em casa e corria encontrá-lo.

Eles andavam, então, lado a lado pelas ruas conversando. Ou sentavam-se em algum barzinho e lá ficavam o tempo que podiam. Não se tocavam. Não falavam sobre sentimentos, nem sobre sexo. Olhavam-se. Às vezes, olhavam-se e sorriam.

Ambos estavam com dezesseis anos quando Rafael marcou com Marcos um encontro na orla, durante a semana. Marcos, sem questionar a razão, preparou-se com cuidado para aquele encontro. Lá estava no local combinado, à hora marcada. Ventava muito na praia naquele fim de tarde. Ele sentia uma ansiedade agradável, uma espécie de certeza sem que soubesse, ou que quisesse saber exatamente de quê. Logo mais chegou Rafael, descendo do ônibus onde Marcos o esperava. Apenas sorriram um para o outro. Um sorriso diferente, envolvente. Rafael pegou então a mão de Marcos pela primeira vez. Caminharam de mãos dadas, em silêncio, ao longo da orla. A noite chegava, enluarada, o que tornava o clima mais romântico. Sempre de mãos dadas, os dois meninos iam em direção ao final da orla urbana, onde as praias àquela hora estariam desertas. Era grande a emoção que sentiam, nem sequer notavam as pessoas que por eles passavam. Rafael conduzia Marcos, mostrando saber exatamente para onde ia. Chegados ao local premeditado, desceram na areia e caminharam um pouco mais, descalços. Sentaram-se. Sempre em silêncio, Rafael acariciou as costas de Marcos. A seguir beijou seus ombros e acariciou seu peito.

– Nossa!... Você é igual a uma mulher... – murmurou, percebendo-o excitar-se a cada toque.

Deitou Marcos na areia e se deram o primeiro beijo. Devagar, Rafael começou a despi-lo, com o mesmo desejo e delicadeza com que despiria uma mulher. Marcos, como se já tivesse vivido momentos iguais àquele antes, ajeitou-se de maneira muito feminina. Rafael, mergulhando então em seu corpo como se mergulhasse no corpo de uma mulher, murmurou:

– Minha catedral...

Marcos sentiu vibrar sua alma feminina e compreendeu que Rafael entrava nele como se entrasse num templo. Com todo o respeito.

Esgotado o momento sublime daquele encontro de dois adolescentes, o coração de Marcos batia forte. O de Rafael também.

Deitaram-se os dois de mãos dadas, de costas, na areia. Olharam-se dentro dos olhos.

– Você é uma mulher perfeita! – disse Rafael ao companheiro.

– Você é um homem maravilhoso! – respondeu Marcos, o sangue correndo enlouquecido pelo corpo, como se ali fosse o princípio de sua vida.

Rafael já havia vivido experiências anteriores, com moças e rapazes, mas nunca com a emoção que sentira aquele dia.

4

Naquela noite, ao chegar em sua casa, Marcos era outra pessoa. Seu semblante resplandecia. Sentava-se com cuidado, tentava reprimir a alegria, temia que alguém percebesse o que se passara, como se seu corpo e seu rosto fossem de vidro e, através deles, alguém pudesse ver seu interior.

Seu ar de felicidade e, no fundo, a indisfarçável marca da culpa não passaram de fato despercebidos. À noite, seus pais conversavam:

– Você não achou Marcos esquisito, quando ele chegou? – perguntou Conceição ao marido.

– Achei ele meio diferente, mais feliz! – respondeu. – Alguma coisa aconteceu. Mas ele não fala de suas coisas pra gente. Já era fechado, depois daquela conversa que tivemos, ficou impossível saber o que se passa dentro dele.

– Será que arrumou alguma namorada, Paulo? – sempre ansiosa, queria acreditar no que dizia.

– Não sei, mulher!... Tá difícil saber. Se for isso... – virou para o lado e, cansado, adormeceu.

Conceição ficou acordada por várias horas. Sentia uma inquietude, sem querer dar nome aos pressentimentos cada dia mais fortes.

Marcos também custou a dormir. Sua formação religiosa, sua maneira séria de encarar a vida, seu amor pela família, tudo se misturava e o confundia. No entanto, à lembrança dos momentos na praia, seu corpo inteiro vibrava. Encontrava, afinal, resposta a tantas de suas perguntas. Resposta que sempre estivera dentro dele e que não tivera coragem de compreender. A revelação de si mesmo, naquele momento, o abalava e, sem dúvida, o constrangia. Seria direito sentir-se assim feliz? Novas perguntas despontavam como espinhos. A euforia de enfim começar a compreender-se. Seria pecado? Seu corpo masculino e sua alma de mulher não eram a combinação de uma obra divina? No seu entender, tudo o que sentia era também dádiva de Deus. Ele era assim, agora sabia.

Nos dias que se seguiram, Pedro e Raquel, até então despreocupados com suas esquisitices, notaram que alguma coisa mudava nele. Mas era difícil entender o quê. O respeito e a admiração pelo irmão mais velho eram tão grandes, que não comentavam nada, nem entre eles.

Marcos comprou perfume, produtos para clarear os pelos de todo o corpo e passou a cuidar da aparência como nunca fizera antes.

Não era, entretanto, uma mudança que o denunciasse. Isto é, nada do que passou a fazer evidenciava o que de fato estava acontecendo. Seu visual continuava o mesmo, apenas mais cuidado. Se estivesse namorando uma menina, seus frequentes passeios à noite e sua súbita vaidade estariam satisfatoriamente explicados, sendo a explicação por todos aceita.

É que o amor, naquela família, levava a sentir além da aparência. Mas preferiram, por enquanto, o desconforto da dúvida.

Certa noite, jantavam todos juntos, Marcos pediu licença e saiu apressado, deixando atrás de si o rastro forte de seu perfume.

– Marcos às vezes parece uma mulherzinha, deu de tomar banho de perfume, agora! – disse Luzia, a irmã mais nova.

– Homem também usa perfume, sua tonta! – defendeu-o Pedro, irritado.

– Tanto assim, seu tonto?! – retrucou ela.

– Calem a boca e terminem de comer! – ordenou Paulo, sem levantar os olhos do prato.

Marcos e Rafael encontravam-se agora com maior frequência. Iam ao cinema, ou conversavam num bar, ou caminhavam pelas ruas e praças de algum bairro afastado da casa dos dois. Às vezes, deitavam-se na areia. Queriam saber tudo, um sobre o outro.

– ... Não, eu nunca senti a menor atração pelo corpo de uma mulher... acho bonito, mas sem interesse – dizia Marcos.

— E a Carla... tão apaixonada por você...

— Tenho até pena dela, no meu pé o tempo todo desde a sexta série. Nunca dei bola, nem a fiz pensar que eu queria alguma coisa... E você?

— Eu já senti prazer com algumas mulheres. Não me apaixonei por nenhuma e, pra dizer a verdade, nem por homem. Tive aí umas duas experiências com um cara, mas não achei muita graça.

— E eu? – quis saber Marcos.

Depois de pensar um pouco, Rafael respondeu:

— Não consigo ver nem sentir você como homem. O estranho é que, desde que conheci você, eu sabia.

Começava ali, naquele momento, uma incrível história de amor. Logo mais, o sentimento transbordaria o coração dos dois. E seria difícil mantê-lo em segredo.

Começaram na escola a perceber. Pouco a pouco, os comentários tomavam conta do recreio, das quadras de esportes, das classes.

Um dia, Carla contou chorando a Raquel o que ouvira dizer. E Raquel disse a Pedro, o que este já ouvira falar, de longe. Ambos ficaram tensos. Não tinham coragem de dizer a Marcos o que lhes disseram, nem aos pais. Tampouco podiam brigar com quase toda a escola para defender o irmão.

Dois anos atrás, tinha havido um caso de dois garotos flagrados no banheiro se masturbando um ao outro. Foram expulsos, sumariamente. Caso que, na ocasião, abalou Marcos profundamente, trazendo-lhe à lembrança a tarde da tempestade na fazenda. A seu ver, uma advertência aos dois garotos por terem usado as dependências da escola teria bastado! Achou injustas as punições e chegou a desejar deixar a escola. Não o fez, mas a partir daí muitas questões levantaram-se em seu interior.

Rafael e Marcos, dentro da escola, só se encontravam para atividades coletivas. Seus olhares trocados às vezes os denunciavam. Uma ou duas cenas de ciúmes mais ou menos perceptíveis. O sorriso de cumplicidade à saída, quando logo mais se encontrariam. Enfim, até aquele momento, os boatos baseavam-se apenas em suspeitas.

Mas a cidade onde moravam, embora não fosse tão pequena, não era grande o suficiente para que os boatos se dissolvessem no espaço.

Não tardou a emergir um ou outro, no meio de todos os que diziam e ouviam dizer, para tentar confirmar:

– Então eram mesmo eles dois que vi, do ônibus, andando de mãos dadas na orla... já faz tempo!

– Eu também encontrei os dois no bar, algumas vezes. Mas isso não quer dizer nada, até conversei com eles!

– Outro dia estavam no cinema. Cada um no seu lugar. Não vi nada que chamasse a atenção!

– Vocês são uns ingênuos! Querem o que mais pra provar que são veados? Que confessem?

E por aí seguiram os: "Você já soube?", "Não te contaram?", que seguem os caminhos da vida, chegando em último lugar aos ouvidos dos "réus" e das famílias dos acusados, nesse caso, conceituadas na cidade.

Padre Inácio não acreditava, nem queria acreditar no que vieram lhe dizer ao ouvido.

– Ah! São todos cheios de maledicência! Vou acabar com essa conversa toda! – disse ele, furioso.

Naquela tarde, chamou Marcos para lanchar, o que há vários meses não fazia.

– Então, como vão os estudos, meu rapaz? Dois cursos ao mesmo tempo não estão sendo muito?

Conversaram sobre vários assuntos, inclusive a possibilidade de Marcos vir a lecionar naquela escola, quando terminasse o Magistério. Desde que continuasse os estudos na universidade.

Estava convencido de que tudo não passava de "disse que me disse" barato, sem fundamento. Seu rapaz continuava o mesmo de sempre. Cheio de projetos. Não tinha tempo para safadeza. Achou-o até muito mais feliz e animado do que de costume. Ao despedir-se, segredou:

– Só não ponha mais tanto perfume, meu filho! Deixe isso pras moças! Sabe como são as pessoas... só por causa de um cheirinho a mais, são capazes de inventar histórias depois difíceis de "desinventar".

Marcos riu e ele também.

– Está bem, padre. É que gosto de sentir meu próprio perfume, mas, se o senhor acha que não devo... tudo bem.

A conversa fora mais longa do que de costume. Quando voltou à classe, a aula já havia começado. Por mais que padre Inácio tenha querido esconder a verdadeira razão de tê-lo chamado, algumas perguntas e reticências incômodas ficaram no ar. De repente, um ou outro olhar de colegas começou a perturbá-lo.

Foi para casa com Pedro, Raquel e Carla, pois, a não ser Luzia, todos estudavam no mesmo horário. Já havia percebido nos últimos dias, mas naquele ficava evidente, que os três estavam muito estranhos. Calados, mal olhavam para ele. Não quis questionar nada, por medo de sua suspeita confirmar-se. "Será que tenho estado tão desatento ultimamente que não notei o que acontecia à minha volta?", pensou.

Mais tarde encontrou Rafael e quis ir a um lugar distante, conversar. Contou-lhe sobre o lanche com padre Inácio, que desde o início daquele ano o chamara só uma vez, no semestre anterior. Falou dos olhares dos colegas e do estranho silêncio dos irmãos e de Carla, no caminho de casa.

– Mas nada disso prova que tenham descoberto sobre nós! – disse Rafael.

– Eu tenho certeza de que pelo menos desconfiam de alguma coisa. Já fomos imprudentes, andando de mãos dadas aquela noite pela orla... e o seu ciúme outro dia, quando o Raul passou o braço no meu ombro...

– E o seu, quando a Laís me abraçou... – cortou Rafael. – Será que não é você que tá se sentindo culpado? Os célebres "grilos" de ex-coroinha subindo à cabeça?

– Tá bom! Então deu uma bobeira coletiva. Todo mundo ficou mudo ou reticente de uma hora pra outra!

– disse Marcos, nervoso, por Rafael não levar o assunto a sério.

Ficaram em silêncio algum tempo, rememorando os acontecimentos dos dois últimos meses, quando passaram a se encontrar com maior frequência.

Foi Rafael quem falou primeiro:

– E se descobriram? E se descobrissem? Você desistiria de mim?

– Claro que não!... E você? – perguntou Marcos, ansioso.

– De jeito nenhum! Nem pense nisso! – respondeu Rafael com tranquilidade.

No entanto, os dois ficaram bastante perturbados. Combinaram de tomar mais cuidado dali por diante. Criaram um código para se encontrarem, de maneira a só conversarem na escola quando houvesse outras pessoas presentes. Se alguma coisa estivesse armada, haveriam de desarmar nos próximos dias. Pensaram.

Mas não tinham ideia da proporção do que já estava preparado. Bastava pequena fagulha para mandar tudo ao ar.

Paulo e Conceição havia alguns dias estranhavam o comportamento de Pedro e Raquel. Sempre foram os mais briguentos da casa. Bastava um chegar perto, para o outro protestar. De repente, tornaram-se grandes amigos. Cochichavam o tempo todo. Um ia para o quarto do outro e lá os dois ficavam tempos de porta fechada. Não cabia dentro de um só o segredo de um falatório daquele tamanho! "Será que é verdade, meu Deus?", "Que ele anda esquisito, é verdade!". Os pais apertaram de todos os lados, até caírem em contradição e, em prantos, contarem o que tinham ouvido dizer.

O "falatório" a que as crianças se referiam vinha ao encontro da suspeita que havia muito os inquietava e soava como confirmação. Caíra como um raio naquela casa.

Na casa de Rafael, a "notícia" também já havia chegado, por outros caminhos.

A estratégia montada pelos dois, aquela noite, chegava atrasada. Tarde demais.

Por sorte o ano letivo terminava. E ambos tinham notas que garantiam o sucesso escolar. Marcos nos dois cursos que seguia. O amor não os levaria ao fracasso!

5

Ao contrário do que sempre faziam, naquela noite, depois da longa conversa, separaram-se. Cada qual seguiu, a partir de determinado ponto, para sua respectiva casa. Não passava das onze horas da noite quando tudo explodiu. Na casa de Marcos. Na casa de Rafael. O céu desabava sobre os dois.

Nenhum deles negou o fato:

— Você é uma criança! Não pode saber o que quer! — gritava Paulo de um lado. — Não experimentou nada da vida! Como pode dizer que esta safadeza é amor!

— Não porá mais os pés naquela escola! Nunca mais verá o safado que te desencaminhou! — urrava o pai de Rafael, do outro lado.

Uma noite de terror. Um golpe que atingia pais, irmãos e eles próprios por terem cometido o hediondo crime de se amarem àquela altura da vida.

Todas as proibições foram feitas. Nunca mais se encontrariam! Seriam vigiados dia e noite, se fosse preciso.

Até o acesso ao telefone foi proibido a Rafael. Precaução meio inútil, pois o telefone da casa de Marcos fora vendido havia meses. E eles nunca precisaram de telefone para marcar seus encontros.

Os dois, desesperados, cada um de seu lado, choravam e pensavam no que fariam para se encontrar. Como fazer o outro saber o que estava acontecendo? Nunca haviam faltado à escola, nem falhado a um encontro marcado! "Marcos vai ficar louco quando não me vir na escola!", pensava Rafael. "Quando não me vir na escola, Rafael vai vir aqui! Meu Deus! Meu pai vai matá-lo!", pensava Marcos. Assim atravessaram a noite quente e abafada, sem um minuto de descanso.

No dia seguinte, chegou a vez do colégio. Nenhum dos dois foi à escola. Em horários diferentes, o pai de Rafael e o de Marcos estiveram com padre Inácio. Este, tão desnorteado quanto eles diante da revelação. Não podia acreditar, nem se conformar. Conhecia menos Rafael, que sempre lhe parecera "normal", como ele próprio disse no momento do espanto. Quanto a Marcos, desse não podia esperar. Dos melhores alunos do colégio, por quem tinha tanta afeição!

– Esse menino sempre foi um anjo! Nunca me deu qualquer problema! – disse a Paulo, os olhos cheios de lágrimas.

Assegurou aos dois pais de que o ano escolar não fora prejudicado, pois tanto um quanto o outro tinham as notas fechadas, a poucos dias do ano letivo encerrar.

Ficou acertado com eles que terminadas as férias os dois voltariam à escola, onde seriam rigorosamente observados. Nunca tivera notícia de que lá dentro tivessem qualquer atitude passível de punição. Naquele momento, o mais indicado era mesmo o afastamento um do outro.

– Agora, não. Ele precisa se recompor e eu me refazer do choque. Mais para frente, falarei com Marcos – disse padre Inácio a Paulo, ao se despedir.

Marcos, arrasado, nem sequer levantou-se. Queria morrer! Queria que o mundo acabasse! Que Deus o levasse para muito longe daquele lugar, onde amar podia ser crime.

Na casa de Rafael, a mãe não tinha qualquer voz ativa. À hora do almoço, o pai comandava a operação:

– Amanhã você embarca pra casa de seus tios, em São Paulo.

À tarde, a cidade parecia silenciosa. Cada qual em seu cativeiro. Marcos pensava que a qualquer momento buscaria um telefone e diria a Rafael que esperava por ele no mesmo lugar. Rafael pensava em como fazer Marcos saber que no dia seguinte partiria, até o fim das férias.

Ao terminar a prova daquele dia, Carla, agora na mesma classe de Rafael, passou pela casa de Marcos. Raquel fora à escola e, proibida de tocar no assunto, havia-lhe dito que Marcos adoecera. Carla sabia que ela mentia.

O amor de Carla por Marcos era tão grande, que o falatório a entristecia sem, no entanto, tirar-lhe a esperança. Um ano mais velha, apaixonara-se por ele desde que o vira, quando passou a estudar no mesmo colégio. Tinha, então, só treze anos. Desde aquela época, pela primeira vez, estavam em classes separadas.

Conceição atendeu-a à porta, abatida pela noite não dormida, os olhos inchados de tanto chorar, e lhe confirmou a mentira de Raquel.

— Não posso vê-lo só um minuto, dona Conceição? — insistiu ela.

— Ele está descansando. Não prefere voltar mais tarde? Eu o aviso de que virá.

Marcos, lá de cima, ouvira a voz dela. Era a única esperança de ter notícia de Rafael. Pediu que o esperasse, pois já descia.

O olhar de espanto de Carla ao vê-lo desconcertou-o. Ela nunca o vira assim abatido! Mas, dentro dele, a angústia era muito maior do que a vaidade.

Marcos pediu à mãe que os deixasse a sós na varanda. Muito sem jeito, sem estar certo de que Carla soubesse da relação dos dois, perguntou-lhe por Rafael.

— Não o vi hoje... ele também faltou — respondeu, o coração apertado.

— Por que será, meu Deus! — espantou-se ele.

Carla, num momento, pareceu compreender tudo o que se passara. O sofrimento de Marcos estampado no rosto. Sua fragilidade diante de um amor impossível. O dela. O dele. Tudo era verdade! Um sonho grande, que alimentara desde criança, queria desfazer-se como nuvem dispersada pelo vento. A dor dele parecia tão maior do que a sua! Era doloroso ver naquele estado um rapaz sempre tão seguro, líder de classe até o ano anterior, que com um único grito calava a boca de todos. Era difícil entender. A dor do outro é mesmo um mistério profundo. Alguém tinha de ser aliviado, de imediato.

– Você não pode sair, Marcos? – perguntou, os olhos molhados.

– Não. Estou proibido de sair de casa... como se fosse um moleque, um criminoso...

– Me dê o telefone de Rafael. Ligo pra ele e volto.

Marcos não podia imaginar o quanto essa proposta lhe custava. O sofrimento dele, naquele momento, era grande demais para colocar-se em seu lugar.

– Você faria isso por mim, Carla? – perguntou ansioso.

Diante da resposta afirmativa, correu buscar o número, que nem sequer sabia de cor. Pediu-lhe para dizer a Rafael que haviam descoberto tudo e que ele estava proibido de sair. Avisou sua mãe de que Carla fora buscar um caderno em sua casa e já voltaria. Na varanda, angustiado, esperou-a voltar.

Quando a viu, foi ao portão encontrá-la e ali mesmo conversaram.

– Disseram que ele estava doente e não podia atender – explicou ela. – Insisti... disse que estudava na classe dele e que tinha o recado de um professor. Ele demorou pra atender e devia ter alguém do lado dele. Consegui dizer o que você pediu e ele respondeu: "Diga ao professor que eu estou com o mesmo problema. Mas vou tentar fazer o trabalho hoje à noite. Amanhã mando pra ele. Obrigado".

Marcos já nem via Carla; falava sozinho, chorando como criança.

– Será que tivemos tanto azar... que lá descobriram ao mesmo tempo?!... "Amanhã mando pra ele", o que quer dizer isso?

Carla controlava-se para não chorar, ela também, vendo aquele ídolo subitamente tão frágil diante dela.

– Acalme-se, Marcos, espere até amanhã. Rafael é inteligente, vai encontrar uma maneira de se comunicar com você... Qualquer coisa, eu torno a telefonar pra ele amanhã.

E ela foi embora, toda despedaçada. Marcos voltou ao seu quarto. Não quis descer para o jantar. Sua mãe levou-lhe uma sopa à noite.

Por volta de três horas da manhã, uma pedra bateu na janela de seu quarto. Acordou assustado. Uma segunda pedra o fez levantar-se. Abriu a janela devagar.

Rafael na calçada, os dois enlouquecidos, dizia para ele: "Pegue uma calça, um *short*, uma camisa, uma cueca e venha pra cá!"

Marcos não pensou, nem queria pensar. Enfiou as poucas roupas na mochila, pegou sua carteira de estudante, único documento disponível, da janela pulou para o muro, do muro para o jardim, ganhou a rua e os dois corriam, sempre em frente, cada qual com pequena mochila às costas, fugiam do mundo, fugiam de tudo!

Quando já estavam bem longe, pararam ofegantes, abraçaram-se, choraram e juraram nunca mais se separar. Chegaram à rodoviária. Embora ainda só tivessem dezesseis anos, ambos aparentavam ter mais. Sem despertar qualquer suspeita, embarcaram no primeiro ônibus. Para qualquer lugar, não tinha importância. Desceram no Estado vizinho, em pequena cidade que não conheciam.

Lá passaram quinze dias, como se o resto do mundo à volta deles tivesse sido tragado pelo mar.

A cidade, bem menor do que a deles, tinha também lindas praias. Descobriram, não muito distante dali, uma praia ainda selvagem, quase uma ilha, cujo único acesso possível era pelo mar, contornando os rochedos. Pela manhã, o dia apenas clareava, alugavam um barco e para lá iam todos os dias. Levavam sanduíches, refrigerantes e frutas. Ali tomavam o café da manhã, lanchavam, corriam, riam, se amavam, como se vivessem os últimos dias de suas vidas.

Voltavam depois do almoço, antes da maré subir. Deitavam-se exaustos no quarto de pequeno hotel barato, próximo à rodoviária. De lá, saíam apenas à noite para caminhar pelas ruas quase desertas, ou sentarem-se na areia, sob o luar.

As famílias aflitas, pela primeira vez se encontraram. A princípio hostis. Logo perceberam, no entanto, que seria melhor se juntarem na busca dos meninos que haviam fugido sem deixar pista.

No meio de toda a angústia em que se encontravam, a única pessoa que podia imaginar como tudo se passara era Carla. Não disse nada a ninguém, ainda que lhe perguntassem. Mesmo porque nem ela sabia onde poderiam eles estar. As duas famílias preferiram agir por conta própria. Não queriam provocar um escândalo na cidade. Foi o irmão de Marcos que conseguiu na rodoviária, dias depois, descobrir a direção que haviam tomado. A busca, com certeza, seria longa.

O dinheiro que Rafael levara já acabava. Sabiam que não teriam chance de prolongar a felicidade por muito mais tempo. A qualquer momento, seriam obrigados a enfrentar a fúria dos pais. Mas agora, seguros do amor que sentiam, conseguiriam aceitar, por enquanto, as regras dos familiares. Juraram, no entanto, que nada nem ninguém jamais os separaria.

Antes que os encontrassem, voltaram para casa. Sem o desespero dos dias que antecederam a fuga. Desta vez, tiveram tempo de armar-se da força de seu sentimento, abalado após as famílias descobrirem seu caso de amor, duas semanas antes. Prepararam-se psicologicamente, pois sabiam que, a partir dali, tudo se complicaria. Com certeza a vigilância sobre eles seria agora redobrada.

De fato, tudo ficou muito pior. Rafael foi embarcado para São Paulo. Marcos ficou completamente só.

6

*F*azia alguns dias que Rafael partira. Marcos, sem saber o que fazer da vida, tentava preencher o vazio que sua ausência deixara. Caminhava horas seguidas pela praia, até sentir-se exausto, ou até que o sol escaldante o obrigasse a parar. À tarde cuidava das plantas do pequeno jardim de sua casa. Ocupação que também lhe permitia pensar, e até chorar, sem que o aborrecessem.

Sua família, sabendo da ausência de Rafael na cidade, afrouxara a vigilância. Aliás, Marcos nem sequer sabia o endereço ou telefone da família de Rafael em São Paulo. Mesmo porque ele estaria sob forte vigilância naquela cidade.

Era um final de tarde. Marcos, sozinho em casa, arrancava com raiva ervas daninhas da terra, pensava, chorava e suava como um demente. De repente viu, atrás dele, o primo, o amigo, o irmão, Nilson, que havia meses não via.

De um salto levantou-se e o abraçou com força, cheio de esperança e saudade. Abraçados choraram como nos tempos de infância. Sentaram-se na varanda, nenhum dos dois queria ser o primeiro a falar. Marcos emagrecera e estava bastante abatido. Nilson o olhava penalizado. Ainda muito emocionado, Marcos encheu-se de coragem e disse:

— Bem. Você está sabendo de tudo... não há segredo na nossa família...

Nilson permaneceu calado por um momento. Preferia não saber nada. Preferia ouvir Marcos ler os poemas que às vezes escrevia. Ou dizer que tudo havia sido um engano. Nada daquilo acontecera.

— É... é difícil acreditar. Um homem maravilhoso como você. Destemido, orgulhoso... não posso entender — disse Nilson, finalmente.

— Isto ia acontecer, primo, se não fosse agora... seria depois. Eu sou assim. É assim que eu sou.

— Não! — reagiu Nilson. — Lembra-se daquela tarde na fazenda, nós tínhamos doze anos...

— Lembro. Eu lhe pedi que nunca mais voltasse a falar nisso.

— Hoje preciso falar! — protestou Nilson.

— Pois fale, primo. Isso já não tem a menor importância! — de fato não tinha. O importante, naquele momento, era fazer pelo menos aquele primo compreendê-lo.

— Naquele dia, pela primeira vez, você tornou-se um homem, não foi?

— Naquele dia, pela primeira vez, eu soube que tinha um corpo.

– De homem!

– De homem – concordou Marcos, prevendo o quanto aquela conversa seria difícil.

– Então? O que aconteceu pra de repente você querer mudar de lado? – Nilson estava nervoso e Marcos sabia.

– Eu apenas entendi o lado que me serve, Nilson – levantou-se. – Veja! Eu continuo com corpo de homem, não vou sair rebolando por aí! Nem fiquei impotente!

– E prefere usar isso – apontou o sexo de Marcos – com outro homem?!

Marcos voltou a sentar-se. Apoiou o rosto entre as mãos, custou a encontrar palavras que quisesse pronunciar. Amava muito aquele primo. Tentaria explicar.

– Nilson! Todos dizem que isso é proibido... tratam o assunto como se fosse uma tragédia...

– E é uma tragédia, Marcos! – cortou Nilson, aflito.

– Ninguém até agora quis entender o meu lado. Ninguém se perguntou, ou me perguntou o que eu sinto. Você, Nilson... você precisa me ouvir!... Eu amo Rafael! Com ele eu sou verdadeiro... nunca me interessei por mulher... porque, na verdade, eu próprio... me sinto mulher!

Diante do espanto do primo, tentou explicar melhor:

– Sei que vai ficar chocado, mas vou tentar explicar agora o que nunca mais explicarei a ninguém!... Quando criança, eu não me sentia um menino... eu nunca me senti um homem. Eu olhava meu corpo e não entendia por que Deus quis que eu fosse assim... e me vinha grande tristeza... e não me entendia... Eu quase enlouquecia quando me cobravam a virilidade que eu não sentia! Quando me comparavam a você, a Pedro, ou a seu irmão... Com Rafael, eu sempre soube quem eu era... e ele também. Desde o primeiro momento... desde o nosso primeiro encontro, a nossa primeira relação... eu... isto é...

– Chega! Pelo amor de Deus, pare com isso! – pediu Nilson, levantando-se, pálido. Olhava Marcos com pavor e até desprezo.

Marcos levantou-se também, colocando-se diante dele e, num tom muito dolorido, acrescentou:

– Meu corpo é este aqui! Eu sei que meu corpo é de homem! Meu coração, minha cabeça, minha alma não são!... É crime a minha natureza ser diferente? É crime eu não sentir nada, nem desejar uma mulher? É crime eu não ser igual a você, Nilson?! Será que ninguém no mundo vai querer me entender?

Nilson, horrorizado, chorava. Aquele que estava diante dele não podia ser o mesmo que idolatrava na infância, que admirava até meses atrás!

– Veja! – continuou Marcos, decidido a dizer tudo o que sentia. – Da mesma forma que minha mãe, meu pai, todos, você está chorando porque eu não sou como queria. Como pensava que eu fosse! Mas eu sou exatamente como sempre fui... sou a mesma pessoa...

Nilson não podia entender. Pelo menos, agora. Fora educado para reverenciar o próprio sexo. Tinha tanto orgulho de ser um macho! Como compreender uma alma feminina dentro de um corpo viril? Macho tem de ser macho! Foi assim que aprendeu. Estuprar uma mulher poderia até ser passível de indiferença. Pênis só tinha autorização de entrar no corpo de uma mulher! Todo o resto era horror, era defeito, era safadeza, era fraqueza! Afastou-se de Marcos, amedrontado. Já ia em direção do portão.

— Isto não é uma doença, Nilson! Não é contagioso! Há milhões de casos como o meu. Eu sou eu... você é você! — aproximou-se do primo, este se afastou horrorizado, deixando-o para trás.

Cruzando com Nilson no portão, chegou Carla, que conseguira ouvir as últimas palavras de Marcos. Vendo-o naquele estado, quis socorrê-lo:

— Meu amigo... eu compreendo você! — abraçada a ele, acalmou-o como mãe que consola um filho. Assim ficou até Conceição chegar do cinema com Raquel e Luzia.

Conceição, ao ver Marcos abraçado a Carla, encheu-se de esperança. Carla apreendeu seu pensamento, de imediato. Uma súbita e ousada ideia atravessou sua mente, acelerando-lhe o coração. Ao ficarem novamente a sós, propôs:

— Só há um jeito de você se livrar dessa pressão toda, Marcos. Eu quero ajudá-lo a sair deste inferno. Que tal fazermos de conta que estamos namorando?

Marcos, surpreso, arregalou os olhos, sem que qualquer palavra viesse em seu auxílio. Ela continuou:

— Nós passearíamos, iríamos ao cinema, enfim, faríamos de conta... Se a minha companhia não agradar, você fará de conta que agrada.

Ainda perplexo, ele conseguiu apenas murmurar:
— Mas que loucura...
— Topa? – perguntou ela, abrindo um sorriso maroto no rosto delicado e bonito.

Marcos continuava confuso. Aquilo não lhe parecia correto. Não queria fazer de conta. Preferia ser o que era! Haveriam de aceitá-lo assim complexo, mas verdadeiro.

— Mesmo sabendo que isto nunca será verdade?! – quis saber, ainda cheio de espanto.

— Mesmo sabendo... Não foi e não está sendo fácil pra mim. Mas acho que estar com você e conhecê-lo melhor, vai me ajudar também.

Como ele ainda hesitasse, ela completou:

— Ser sua amiga não vai me impedir de um dia encontrar alguém que eu possa amar. Você precisa de ajuda. Eu, também. Aceite!

Incrédulo, Marcos perguntava-se se aquela loucura toda poderia dar certo. Será que uma menina tão bonita e inteligente, que encantava a maioria dos rapazes da escola, seria capaz de tamanho desprendimento?

— Nunca pensei... nem esperei – disse ele, finalmente – uma proposta dessas de você! Nunca imaginei que você pudesse ser a única pessoa a querer me compreender – concluiu emocionado diante da única amiga de fato, no momento que lhe parecia ser o mais difícil de sua vida.

Carla sabia que ele jamais seria seu. Sabia? A verdade é que sentia grande conforto interior ao seu lado.

7

Marcos sempre gostara muito de ler. Lia tudo o que lhe caísse nas mãos, hábito que o avô lhe ensinara a cultivar. Nas últimas semanas, no entanto, disperso pela pressão que sofrera, e ainda sofria, pela dificuldade de relacionamento em sua casa nos últimos tempos e pela ausência de Rafael, não conseguia concentrar-se em leituras, por mais interessantes que fossem.

Por outro lado, a situação financeira dos pais não lhe permitia pensar em sair da cidade naquelas férias, longas demais para seu estado de espírito.

Diferente dos irmãos, nunca fora de frequentar a casa de colegas, nem de recebê-los em sua casa com frequência. No ano que agora findava, seguindo dois cursos ao mesmo tempo e envolvido com Rafael no último semestre, acabou por afastar-se ainda mais dos colegas com quem tinha alguma amizade. E estes, talvez por terem sabido do envolvimento dos dois, afastaram-se sem explicações.

Assim, de fato, restava-lhe apenas a proposta de Carla, como alternativa às longas caminhadas solitárias que fazia.

Na verdade, não fosse o momento difícil que atravessava, não teria aceitado a oferta da companhia dela, tão assídua. Não que não a apreciasse; ao contrário, a postura atual dela o agradava. Mas no fundo temia, apesar da ideia não ter sido sua, que a situação se complicasse.

Todos, em sua casa, pareciam contentes de vê-lo, de repente, sempre acompanhado da menina que desde criança o assediava.

Havia na cidade, com certeza, inúmeros casos de homossexualidade, mas muito velados. O de Marcos e Rafael era para eles uma marca terrível de fracasso. Como se fosse doença contagiosa, à qual todos temiam e da qual todos fugiriam. Um estigma que não pretendiam arrastar pela vida.

– Quem sabe, Paulo? Pode ser que se encante com ela! – Ah! Como Conceição queria acreditar!

– Quem sabe... – respondia Paulo, desejando também que aquilo acontecesse.

– Estou tão feliz de ver o Marcos namorando a Carla! – dizia Raquel. Pedro concordava apesar de estar, ele próprio, muito ocupado com as meninas e os amigos do bairro.

Só mesmo Luzia, jovem demais, mantinha-se alheia a tudo. Para ela, tirando o excesso de perfume que o irmão usava ultimamente, ele era perfeito!

A família de Carla aprovava o "namoro" dela, sem restrições, com rapaz tão aplicado e promissor. Ainda ignorava o falatório sobre o caso dos dois rapazes, muito acentuado no âmbito escolar. Do conhecimento de outras pessoas, fora da escola, não chegara ainda aos ouvidos de toda a cidade.

Os dois conversavam na casa dele, iam às vezes à praia, ou sentavam-se na praça mais próxima. Marcos sempre falava das coisas engraçadas que Rafael dizia. Ela ria. Tudo andava como fora por ela previsto.

A pressão sobre Marcos desaparecia, ele recuperava o autocontrole. Descobria que, afinal, o importante para todos não era "o que era", mas, "o que parecia ser".

Muitas vezes, no entanto, acordava no meio da noite, sobressaltado. Tinha pesadelos que o enchiam de angústia. Via Rafael desaparecer na névoa com uma mulher. Chorava durante horas.

No dia seguinte contava a Carla. Falava de seus sentimentos e temores. Ela o ouvia, calada, e ao final dizia:

– Foi só pesadelo. Sonho não quer dizer nada – mudava de assunto. Chamava sua atenção para as coisas que os cercavam. Acalmava-lhe o espírito.

Marcos nunca sequer tocara em suas mãos, durante aqueles quase dois meses de "namoro". Conhecendo-a melhor, tinha agora por ela grande afeição.

Aproximava-se o carnaval. Em breve as aulas recomeçariam. A ansiedade de Marcos crescia. Logo mais, Rafael estaria de volta.

Uma tarde, os dois sentados na praça conversando, de repente fez-se longo silêncio. Marcos notou os olhos de Carla muito úmidos.

– O que há? – perguntou-lhe com real interesse.

– Nada... – respondeu ela, deixando que as lágrimas corressem.

– Como, nada?! Pelo amor de Deus, o que houve? – insistiu ele, aflito.

– Nada, Marcos... Bobagem minha.

– Vai esconder o que está acontecendo, logo de mim, que conto tudo a você?

– Tenho medo que se aborreça...

– Vou me aborrecer se não falar!

Carla hesitou. Não queria dizer. Temia tanto que Marcos se afastasse dela. Mas, vendo que ele não deixaria passar aquele seu momento de fraqueza, disse:

– Durante todo este tempo, Marcos, eu penso: "É tudo só faz de conta"... Mas, às vezes, eu gostaria tanto que fosse verdade...

– Ah! Não, Carla! Eu nunca disse ou fiz nada que pudesse fazer você pensar...

– Eu sei, Marcos! – cortou ela. – A culpa não é sua. É que olho seu rosto, seu corpo, ouço sua voz... acho que sei como são as coisas. Não espero nada. Eu não ia falar...

Marcos sentiu um grande aperto no peito. A última coisa que pretendia na vida era magoar aquela amiga. Desejou sair correndo dali e nunca mais encontrá-la. Em vez disso, virou o rosto dela para ele:

— Carla! Se eu conseguisse amar uma menina, seria você — disse com ternura. — Eu amo você... mas não como você gostaria. Não tenha ilusões...

Seus olhos encheram-se de lágrimas ao ver as lágrimas dela rolarem pelo rosto meigo virado pra ele.

— Vamos parar por aqui, minha amiga — continuou. — A sua amizade foi a melhor coisa que tive no pior tempo de minha vida. Não quero que você sofra!

— Não, Marcos! Não! Prometa que não deixará de ser meu amigo depois que Rafael voltar! — pediu ela, aflita.

Marcos não resistiu àquele apelo sincero e a abraçou com força:

— Aconteça o que acontecer, vou ser sempre seu amigo. Poderá contar comigo pra tudo na vida! Só não me peça o que não vou poder dar a você!

— Eu juro que vai passar o que sinto, Marcos, eu juro... não quero perder você como amigo. Ensinou-me muita coisa nesses dois meses, com esse coração e essa cabeça que tem...

Quando se refizeram daquele momento de verdadeiro e mútuo reconhecimento interior, foram para a casa dele. Marcos mostrou-lhe então as fotos da infância na fazenda, dos avós, dos primos. Falou de seu avô, que marcara tanto aquele seu tempo. Dos papéis que sempre escolhia nas brincadeiras. E ainda dos conflitos que teve e tinha por ser diferente dos outros. Afirmou sua disposição de lutar pela vida e de brigar pelo direito de seguir o próprio caminho.

Carla também falou sobre ela. Da paixão que sentia por ele desde os treze anos. Das inúmeras vezes que chorou por não lhe dar importância. Riu muito quando ele confessou ter sempre morrido de medo que um dia ela o agarrasse na rua. Falou da maneira como se encantava com a força que ele exercia sobre os colegas.

Uma conversa assim sincera e aberta foi de grande importância para os dois. A partir daquele dia, Carla começou a vê-lo e a senti-lo, de fato, de outra maneira.

Uma amizade bonita e pura nasceu entre os dois.

8

Na abertura do ano letivo, padre Inácio, antes de encaminhar os alunos às classes, juntava-os todos no pátio. Saudava-os com boas-vindas e votos de sucesso no novo ano.

Marcos lá estava. Apresentava-se, pela manhã, para o segundo ano do Magistério, curso que preferia. Logo mais, à tarde, lá estaria de volta apresentando-se no segundo ano do Científico.

Seu pai não lhe falara da conversa que tivera, meses antes, com padre Inácio. Foi nesse dia, à hora em que Marcos já saía de casa, que ele disse rapidamente e sem comentários ter estado com o padre ao final do ano. A essa altura, Marcos não quis fazer perguntas. Preferiu a surpresa.

Ao terminar a saudação, o padre chamou-o em sua sala. Adivinhando do que poderia tratar-se, Marcos, apreensivo, tentou armar alguma defesa no caminho que fez do pátio até sua presença.

Padre Inácio, que sempre soubera pô-lo à vontade, desta vez fez suspense. Também não tinha certeza se Marcos sabia estar ele a par do ocorrido. Como se tentasse entender o que se passava no interior do rapaz, e esperasse que os pensamentos dele se ordenassem, deixou que constrangedor silêncio inundasse todos os cantos da sala.

Marcos, diante do padre que estimava e a quem tanto devia, não se sentia preparado para com ele discutir aquele assunto. Manteve então a cabeça baixa, à espera de um provável sermão.

Em vez disso, o padre perguntou pausadamente:
– Então, Marcos, como foram as férias?

Embora não olhasse diretamente para o rosto do padre, mantinha-se alerta.
– Bem. Obrigado – respondeu buscando na sala e sobre a mesa um ponto onde pudesse fixar o olhar.

Padre Inácio não era de temperamento sádico. Mas estava diante de um problema ao qual queria pôr fim de uma vez por todas.

– Durante as férias – continuou o padre –, pensei muitas vezes em você. Preparei muitas palavras para dizer neste momento. Agora, vendo-o aí, sem querer olhar nos meus olhos, as palavras me fogem...

Só então Marcos olhou para ele. E ele completou:
– É melhor assim. Gosto de olhar nos seus olhos, meu rapaz. Não precisarei falar muito. Só vou lhe pedir uma coisa: nunca faça nada que o obrigue a desviar o olhar dos olhos de alguém que o estime.

Eram palavras de efeito. Padre Inácio sabia. Naquele momento, Marcos sentiu todo o peso da desigualdade daquele confronto. Como explicar ao padre seus sentimentos? Como fugir dali e deixar para trás aquele homem que fora tão importante, até então, em sua vida? Como fugir do amor que sentia por Rafael? De todas as pessoas que conhecia o padre seria, certamente, a que menos podia compreender. Sentiu-se subitamente preso numa grande teia. Por instantes odiou seu pai, o padre e todos aqueles que não podiam nem queriam compreendê-lo e aceitá-lo como era.

Padre Inácio, percebendo o conflito todo dentro dele, passou rapidamente à questão seguinte.

– Você é um rapaz muito inteligente e sensível – disse. – Culto para sua idade. Sei que pode dar conta do Magistério e do Científico ao mesmo tempo, e louvo seu esforço. No entanto...

Marcos pareceu adivinhar todas as palavras que viriam a seguir. Não! Ele não queria ouvi-las! Não estava pronto para esse momento! Sem questionar de onde lhe vinha a coragem, cortou-o nesse instante:

– Padre! Sempre tive pelo senhor e pela escola grande respeito. Pretendo continuar tendo... se a escola permitir, claro, que eu continue os estudos pela manhã e à tarde.

Agora os dois se olhavam. As pernas de Marcos tremiam. Padre Inácio sorriu e disse:

– Claro, Marcos, que continuará seus estudos... Mas, veja, além do respeito que sempre teve por mim e pela escola, sei que honrará o nome dela lá fora também. Estamos entendidos?

Dito isto, levantou-se estendendo a mão a Marcos. Este, confuso, frustrado por não ter podido defender-se de julgamentos velados, nem dizer o que queria e sentia, apertou-lhe a mão e foi saindo, como se arrastasse enorme peso atrás de si. Ao chegar à porta, no entanto, não suportando mais o aperto no peito, voltou-se para o padre e disse:

– Padre! Continuo a mesma pessoa que sempre fui...
– e saiu.

Quando se sentou na sala de aula, seu corpo inteiro tremia. Sentia que aquela conversa não terminara ali. Mas sabia que da próxima vez o padre falaria claro, e ele também.

À tarde, foi com Carla, Raquel e Pedro para a escola. Tudo dentro dele estava em desordem naquele dia. Acima de tudo, mal podia esperar o momento de rever Rafael, nem que fosse apenas de longe. Carla explicaria a ele tudo o que se passara nas férias e naquela manhã. Marcos já estivera com ela antes de voltar à sua casa para o almoço.

Ao se aproximarem da escola, viram Rafael descer do carro do pai e o motorista acompanhá-lo até o portão. Marcos sentiu forte emoção, mandou os irmãos entrarem e ficou do lado de fora, com Carla, até sentir-se melhor.

Quando entraram, padre Inácio repetia no pátio o ritual da manhã. No meio de todos os que o ouviam atentos, Marcos buscou com os olhos Rafael, vendo-o lá atrás. Eles se olharam rapidamente e Marcos encaminhou-se para o lado oposto ao que ele se encontrava. Terminada a saudação da tarde, cada qual se dirigiu à sua sala de aula.

No recreio, ao ver Carla conversar com Rafael, meio afastados, sentiu-se mais tranquilo. Reencontrou alguns colegas de quem sempre fora mais próximo e conversaram como se nada tivesse acontecido. À saída, os dois se cruzaram no portão, cumprimentaram-se e Rafael entrou no carro que o esperava à porta. Marcos ali ficou alguns instantes, inquieto, à espera de Carla, Pedro e Raquel.

Deixando os irmãos um pouco para trás, passou o braço sobre os ombros de Carla e esta lhe segredou:

– Passo às oito horas por sua casa. Fique calmo, tudo vai dar certo. Vista-se bem porque vamos sair.

Juntaram-se os quatro novamente, Marcos não cabia em si de alegria, brincou com os irmãos pelas ruas como havia tempos não brincava.

Ao chegar em casa, correu ao seu quarto e se atirou na cama. No silêncio, ouviu seu coração gritar todo o amor que sentia. Rafael estava de volta! Naquela noite, iam se reencontrar! Preencheria o tempo da melhor maneira para que a noite não tardasse a chegar. Tomou longo banho e preparou-se cuidadosamente. Às oito horas em ponto, Carla chegou à sua casa.

– Hoje vou roubar Marcos por mais tempo – disse a seus pais. – Uma amiga faz aniversário e dá uma festa – olhando para Marcos, mostrou-lhe pequeno pacote. – Olhe, comprei pra Cecília a lembrança que você sugeriu! – saíram os dois alegres, deixando todos contentes para trás.

Lá fora Carla explicou:

— Rafael está muito vigiado. Voltou de São Paulo com a irmã recém-formada, que vai montar consultório aqui. Ele vai acompanhá-la numa festa de um político aí. Como ela não conhece você, não há nenhum risco! Nós vamos encontrá-lo no Clube Centauro — falava depressa, enquanto o puxava para tomarem o ônibus.

Marcos, muito ansioso, tentava seguir o que ela dizia. Foi entrando no ônibus, sem compreender nada.

— Espere aí! – disse ele, aflito. – E como é que vamos entrar numa festa no clube, sem convites?

— Tá na minha bolsa! Pra duas pessoas, com direito à mesa e tudo! Rafael levou pra escola porque ia dar um jeito de passá-lo a você. Quando contei tudo a ele, disse pra nós irmos juntos. Melhor ainda! Ninguém vai desconfiar!

Explicava, feliz por participar daquele reencontro, como se o problema fosse dela. Ao descerem, pegou o pacotinho que carregava e o jogou no lixo. Diante do espanto de Marcos, tranquilizou-o:

— Não se preocupe, não tinha nada dentro da caixa e a única Cecília que eu conheço fez aniversário no mês passado! – os dois riram.

No clube ocuparam a mesa designada no convite e logo avistaram Rafael, que correu à mesa deles. Ficou ali o tempo justo de combinar tudo. Voltou com Carla para a mesa da irmã, apresentando-a:

– Esta é Carla, minha colega de classe, mana. Está com o namorado, que veio com o carro do pai e deu um problema, acho que na parte elétrica. Posso deixar a Carla com você, enquanto vou com ele procurar um eletricista que atenda a essa hora?

– Claro! – respondeu Elisa, sorrindo. – A Carla me fará companhia enquanto socorre o rapaz, não é, Carla? – mostrou-lhe a cadeira para ela se acomodar.

– Tenho medo que demore um pouco pra gente encontrar eletricista ou mecânico. Tem certeza que ficam bem? – insistiu Rafael.

– Não se preocupe! Vá lá ajudá-lo!

Os dois saíram pela rua, correndo como loucos. O clube, meio afastado da cidade, não ficava muito distante da praia onde costumavam se encontrar.

– Não acredito que estou com você, Rafael! – dizia Marcos. Naquele momento, parecia exorcizar todo o sofrimento contido nos dois meses passados.

– Um dia, eu não aguentava de saudades, tive vontade de fugir da casa de meus tios, vir pra cá e sumir com você pra onde ninguém pudesse nunca mais encontrar a gente! – dizia Rafael, abraçando o companheiro. – Meu pai foi duas vezes pra São Paulo... ameaçou me mandar pra fora do País se soubesse que eu tinha falado com você... Agora faz o motorista me levar e me buscar na escola... Tem cabimento?

– Eu também! De manhã é a Luzia que me leva...

E se abraçavam, e rodavam, e falavam.
– Tô impressionado com a Carla, Marcos!
– Eu também. Se não fosse ela, eu teria enlouquecido! Graças a ela é que estamos aqui!
Era muita conversa para pôr em dia.
– No colégio o cerco tá fechado... só podemos conversar com muita gente por perto, sem dar a menor bandeira...
– É! Temos de tomar muito cuidado. Na escola e fora dela. A gente vai poder se encontrar só de vez em quando, com a ajuda da Carla.
– Quando a gente quiser mandar algum recado por escrito, tem de queimar o papel depois de ler...
Era muita saudade para pôr em dia.
Não aguentaram mais, tiraram a roupa e rolaram na areia. Amaram-se como se fosse a primeira vez. No clube, perto de dois quilômetros dali, fogos de artifício explodiam no alto, anunciando o fim da festa.
Sacudiram como puderam a areia dos cabelos, correram felizes encontrar Carla e Elisa, exatamente quando a festa terminava.

9

Pouco a pouco, foi parecendo a todos que o problema fora superado. Os dois rapazes conversavam alegres na escola, cuidando sempre de só se aproximarem um do outro quando houvesse testemunhas. Aprenderam a controlar sentimentos e atitudes diante dos outros e tudo foi voltando aos seus lugares.

A vigilância também afrouxou-se. Rafael já ia sozinho para a escola. Marcos já não precisava esperar os irmãos.

Carla, embora saísse com suas amigas e com outros rapazes, mantinha-se muito ligada aos dois. Para encontrar Rafael uma ou duas vezes por semana, Marcos saía de casa em companhia dela e a certa altura do trajeto separavam-se, reencontrando-se no mesmo local mais tarde, à hora marcada. Isto, durante alguns meses.

Eles haviam conseguido, em pequena pensão retirada, um quarto independente e lá ficavam o tempo que podiam. Com parte de sua mesada, Rafael pagava o aluguel mensal pelo quarto, com direito a usá-lo como bem entendesse. Nunca mais circularam a sós pela cidade.

Elisa, ajudada pelo pai, montou seu consultório dentário e Carla era uma de suas clientes.

Ao pai de Rafael, desconfiado e extremamente machista, tudo parecera fácil demais. Poderia, aquele caso, não ter passado de uma crise de adolescência, mas, a seu ver, todo cuidado seria pouco. Não poderia, em hipótese alguma, permitir que um filho seu enveredasse por um caminho vergonhoso daqueles! Entretanto, seu relacionamento com o filho caçula nunca fora dos melhores. Na verdade, ele era conhecido por viver cercado de mulheres e o próprio Rafael já o vira muitas vezes em companhia de várias delas. Nunca falaram sobre isso um com o outro, a hostilidade de Rafael, por esse motivo, sendo apenas sutil. Além disso, dos três filhos, era ele que, apesar de ser o mais jovem, mostrava-se mais independente. Estava decidido a não trabalhar na empresa do pai e este sentia estar perdendo o controle sobre aquele filho.

Marcos dedicava-se bastante aos estudos. Paulo e Conceição já não tinham do que se queixar. Apenas o medo de que um dia tudo recomeçasse, com Rafael ou outro, já que pensavam estar aquele episódio, por enquanto, encerrado.

Rafael, menos estudioso, conseguia manter sempre médias regulares.

Assim, mais organizados e calmos, ambos atravessaram os dois anos seguintes com relativa paz. Amavam-se e disso não tinham dúvida.

Padre Inácio aparentemente esquecera-se daquilo que chamou "incidente de adolescência". Nunca mais falou sobre o assunto com Marcos, a quem, ao fim do curso do Magistério, convidou para lecionar no colégio. Marcos ficou de pensar. Naquele momento, preparava-se para o vestibular.

Rafael seguiria no próximo ano, apesar dos protestos da família, um curso profissionalizante de técnica em eletrônica. Era disso que gostava.

Ambos estavam com dezoito anos e não pensavam em se separar. O arranjo que conseguiram permitia-lhes viver sem que os aborrecessem. Discretos, já conseguiam organizar seus encontros sem a interferência de Carla que, àquela altura, embora continuasse muito amiga dos dois, para desgosto da família de Marcos, namorava outro rapaz.

Marcos passara no vestibular em segundo lugar. Cursava, então, o primeiro ano de Pedagogia. Aceitou o convite de padre Inácio e passou a lecionar no curso primário. Em pouco tempo, conquistou as crianças, que estudavam com muita vontade e o cercavam de carinho.

Rafael completara dezenove anos em maio e cursava o primeiro ano de Eletrônica. Seu pai nunca se convencera de que tivesse rompido definitivamente com Marcos. O fato de nunca ter namorada, ou amiga, incomodava-o e aumentava suas suspeitas e temores. Como não encontrasse melhor saída, propôs ao filho ir para São Paulo nas férias de julho e de lá acompanhar o tio, que viajava a trabalho aos Estados Unidos, onde podia seguir curso intensivo de Inglês, voltando mais bem preparado.

Em conversa com Marcos sobre o assunto, Rafael foi por ele incentivado:

– Você deve aceitar! Um mês de curso de Inglês nos Estados Unidos vai equivaler a um ano de qualquer curso de Inglês aqui. Não perca essa chance! Um mês passa depressa quando a gente está em paz. Sabe que vou ficar esperando você voltar.

Depois de muito pensar, Rafael aceitou. Seguiu para São Paulo, de onde alguns dias depois partiria com o tio. Aguardava sua documentação ficar pronta.

Fazia alguns dias que ele partira, desta vez Marcos tranquilo aguardaria sua volta. Carla foi ao consultório de Elisa, onde tinha hora marcada. Depois da consulta, as duas sempre trocavam algumas palavras. Foi então que Carla perguntou, por perguntar:

– Rafael deu notícias? Já foi para os Estados Unidos?

– Não. – respondeu Elisa. – Ainda está em São Paulo. Deve embarcar na próxima semana... Ele não sabe, nem deve saber, meu pai está ajeitando tudo, inclusive a documentação para que meu tio o convença a ficar nos Estados Unidos o ano todo... Um problema que ele teve aí há tempos, que aborreceu meu pai e ele vive preocupado.

73

Carla sentiu o coração dar um salto. Não sairia de lá sem informação completa.

– E você acha que ele aceitará? – perguntou com a maior naturalidade possível.

– Pode ser. Meu pai vai investir tudo nessa tentativa. Meu tio está autorizado a seduzi-lo com todas as facilidades possíveis. A propor os melhores cursos de Eletrônica de lá etc.

– Que bom pra ele, não é?... Sabe que não me despedi dele? Você me daria o telefone do seu tio? Queria desejar-lhe uma boa viagem...

– Claro! – respondeu Elisa. – Mas, pelo amor de Deus, não diga a ele o que eu lhe disse!

Ainda ficaram alguns minutos conversando. Carla gostava de Elisa, mas nesse momento era em Marcos que pensava. Conseguiu, assim, todas as informações de que precisava. Saiu dali correndo para a casa do amigo.

– O pai e o tio dele estão montando um esquema incrível para convencê-lo a ficar estudando nos Estados Unidos – explicava – e ele não sabe de nada.

– Mas ele não vai aceitar, Carla! – disse Marcos, bastante perturbado.

– Não sei exatamente qual é o esquema deles, mas Elisa disse que o pai investirá tudo o que puder para convencê-lo, como quem não quer nada. Aqui está o telefone do tio dele – entregou a Marcos o papel.

– Ele deixou o telefone do tio comigo... mas não quero ligar pra lá!

Indeciso, inquieto, pensava, pensava, sem saber ao certo o que fazer.

– E se eu fosse a São Paulo?... Não sei como está a vigilância sobre ele... acho perigoso! Mas não quero falar disso por telefone... deve haver extensões pela casa. Ele deixou comigo o aluguel deste mês do nosso quarto, eu devo ter um pouco também... quanto custa uma passagem de avião? – estava tão aturdido que Carla agiu em seu lugar.

Telefonou para São Paulo. Rafael não estava, mas conseguiu o endereço dele. Na agência de viagens, constataram que o dinheiro de Marcos daria só para a ida e algumas poucas despesas.

– Marcos! Se quiser ir, vá! Até amanhã consigo dinheiro pra volta e lhe empresto.

– Você tá maluca! – disse ele. – E como vou pagar isto? Ganho tão pouco!

– Depois a gente vê. Então?

Marcos não conseguia acreditar que Rafael pudesse cair naquela cilada. Só ficaria lá se quisesse! Também não achava correto interferir na viagem do companheiro, seria bom para ele... por outro lado, não correria o risco de perdê-lo, por nada no mundo!

– Eu vou! – decidiu.

Embarcaria dentro de dois dias.

A caminho de casa prepararam uma história para contar à família e ele poder ausentar-se por uns dois dias, sem problemas. Jamais imaginariam que ele embarcasse para São Paulo! Estava de férias, cansado dos estudos e das aulas que dava. E Carla era perita em criar situações imaginárias, capazes de convencer a todos de que eram reais. Chegou a São Paulo, onde estivera apenas duas vezes com os pais e quando ainda era criança.

Um táxi levava-o ao endereço desejado. No percurso, o intenso movimento das avenidas que se estendiam diante dele como imensos tentáculos, a imensidão da cidade, os prédios de concreto, um massacre, a confusão do tráfego e de pessoas que iam e vinham em todas as direções. Suas têmporas latejavam. Parecia impossível encontrar Rafael no meio daquele caos!

Finalmente, o táxi mudou de direção e ganhou uma rua arborizada, e outras e mais outras, o fluxo de carros e de pessoas foi diminuindo e seu coração se acalmando, voltava a bater compassado e cheio de esperança. Ali estava a rua que procurava! Ali estava a casa que abrigava Rafael! Trêmulo, perguntou por ele e foi informado, pela empregada, de que saíra com o tio, mas voltariam para almoçar. Recusou o convite para entrar e encaminhou-se, as pernas bambas, a uma lanchonete próxima, de onde podia ver a entrada da casa.

À uma e meia da tarde, seu coração disparou ao ver um carro parar e dele saltar Rafael. Com a força do medo e do amor, gritou:

– RAAAAFAAAAAEEEEEEEEL!

Rafael e o tio, assustados, buscavam quem dera aquele grito impressionante, quando Marcos mostrou-se a poucos metros dali. Correram os dois se encontrar.

— Meu Deus! Marcos! O que aconteceu? — perguntava Rafael aflito.

Marcos soltou o corpo exausto sobre os ombros do amigo e suplicou:

— Não deixe que ninguém nos separe!

O tio de Rafael, que ficara lá atrás, vinha até eles. Apresentou rapidamente o amigo e pediu ao tio, desconfiado daquele grito e daquele encontro, que o deixasse ali por instantes, ele já entraria.

Encaminharam-se à lanchonete, onde se sentaram. Marcos contou então a Rafael o que Carla ouvira de Elisa. Rafael, transtornado, levantou-se e pediu-lhe que o esperasse. Minutos depois voltava trazendo toda a bagagem, os tios o chamavam e ele não respondia. Parou um táxi que passava, fez Marcos entrar, entrando em seguida.

Foram os dois para um hotel próximo ao centro. Rafael reprimia a raiva. No hotel explodiu. Pulava furioso, punha as mãos na cabeça e dizia:

— Nunca mais meu pai, aquele safado, tentará manobrar minha vida! Nunca mais! Nunca mais!

Marcos custou a acalmá-lo, para, finalmente, dizer:

— Rafael! Eu não quero sentir remorso por tê-lo impedido de viajar. Eu só vim avisar você do que pretendiam fazer... Agora, já sabe! Não corre nenhum risco de ser enrolado... voltará ao Brasil quando quiser voltar!

— Eu não vou, Marcos! Eu não quero ir! Nós vamos resolver nossa vida agora! Olhe! A minha passagem é só de ida. Ele disse que mandaria a volta depois de alguns dias... Ah! Ia mandar quando bem entendesse!... Aqui, ó! Durante dois dias ficaram no hotel, saindo apenas para as refeições.

Marcos telefonou a Carla e pediu-lhe que avisasse sua família de que estaria de volta no domingo à noite.

Rafael estava com cerca de três mil dólares, dinheiro dado pelo pai para pagar o curso e outras despesas imediatas. Decidiu:

– Nós vamos viver juntos, Marcos! É o que eu quero e é o que você quer!

Marcos empalideceu. Era de fato o que queria, mas não estavam prontos ainda! Seria um passo audacioso demais! Sabia o inferno que enfrentariam em casa, na rua, em toda parte!

– Vamos mais devagar, Rafael... a gente não tem ainda nem como se sustentar...

– Com este dinheiro aqui vamos alugar uma casa pequena, vou comprar o que precisamos com mais urgência. Arranjo trabalho assim que voltarmos, nem que seja pra varrer as ruas!

– E a nossa família, Rafael? A minha mãe? A sua?... Espere um pouco as coisas assentarem... vai ser uma barulheira quando chegarmos lá... A esta altura seu pai já sabe, já contou pro meu... Não quero nem pensar!

– E sabe quando eles vão concordar, Marcos? Nunca! Tanto faz agora ou depois! Se não fizermos isto já, não vamos fazer nunca mais!

Marcos atirou-se na cama. Precisava relaxar o corpo tenso. Sua cabeça queria explodir. Conhecia Rafael e sabia que aquele momento era decisivo. Rafael renunciava à viagem e não perdoaria sua hesitação, seu temor. Como convencer Rafael de que deviam esperar mais um pouco?

– Vamos esperar só até o fim deste ano, Rafael... – arriscou.

– Não! Eu não aguento mais essa pressão toda! Não quero amar escondido! Pouco me importa o que todo mundo pensa, Marcos, eu amo você e você me ama! Não interfiro na vida de meu pai com suas vagabundas, ele não vai mais interferir na minha! É agora ou nunca!

Marcos estava assustado. Perder Rafael, nem pensar! E, afinal, Rafael tinha razão! Por que continuarem escondidos, morrendo de medo de tudo e de todos, como se fossem criminosos, fugitivos? Ele sabia o quanto uma decisão daquelas abalaria seus pais. Mas esta era a sua vida!

– Tudo bem, Rafael – disse enfim. – Eu concordo, mas você vai me esperar até o fim de agosto. Preciso tentar pôr ordem na minha casa... não quero matar minha mãe, meu pai, meus irmãos!

– Tá! Hoje é dia 5 de julho. Vou arrumar o nosso lugar agora, assim que chegarmos. Vou esperar dois meses pra você resolver os problemas de sua casa! Nem um dia a mais, Marcos! Se até lá não tiver resolvido tudo, é porque nunca resolverá! Eu já saio de casa quando voltarmos!

Encontraram de fato as famílias em desespero. Agora era ir em frente, ou recuar para sempre. Não havia alternativa.

10

Marcos, três meses mais jovem do que Rafael, completaria dezenove anos em agosto. Seus pais sabiam que, àquela altura, não poderiam exercer sobre ele o mesmo poder e força de quase três anos atrás. Desta vez, eles é que ficariam aterrados. Marcos, no entanto, era muito apegado à família e lhe custava deixá-los chorando para trás. Tentaria tudo para fazê-los aceitar sua opção de vida, mas sabia ser quase impossível sair de lá em paz.

Seus pais e seus irmãos não compreendiam sua escolha. Tentava livrar-se da culpa que sentia cada vez que via sua mãe com os olhos inchados de chorar. Ou seu pai, num silêncio doloroso, à espera de que ele voltasse atrás. Raquel já não o cumprimentava, Pedro cumprimentava-o apenas.

Levantava-se muito cedo e, antes de dar sua aula, caminhava só pela praia. Percorria quilômetros, indo e vindo, pensando, tentando encontrar dentro dele a melhor forma de partir. Não queria arrastar o sentimento de ter quebrado tudo à sua volta. Era preciso pelo menos fazê-los compreender que ele jamais seria como gostariam que ele fosse, porque ele era assim e era assim que sempre seria.

Além da família, teria ainda padre Inácio a enfrentar, colocando seu cargo de professor à disposição. Pois sabia que o padre jamais aceitaria sua vida ao lado de Rafael. Por que sua vida pessoal, íntima, teria de interferir em sua vida profissional? Uma coisa nada deveria ter a ver com a outra! Mas não era assim no seu caso. Sobre ele e o companheiro, recairiam os mais severos julgamentos, sociais e religiosos. Um homem amar um homem! O que havia de tão extraordinário nesse fato, que levava as pessoas a anularem o valor do amor que eles sentiam? Porque o amor deles transcendia o puro sentimento e explodia no prazer. E era amor que transcendia. E era amor que explodia. Será que Deus julgaria o amor deles como os homens? Seu sentimento de Deus impedia-o de acreditar nisso. Amava tanto seus alunos! Em pouco mais de seis meses, eles o haviam conquistado e ele conquistara a todos eles. Um amor verdadeiro, pois ensiná-los era sua vida. Envolvia-se e os envolvia numa verdadeira balada didática. Compunha músicas e poesias para facilitar-lhes o aprendizado. Emocionava-se quando via seus olhinhos brilhando ao compreenderem a lição.

Era preciso que seu amor por Rafael fosse mais forte do que tudo. E era. Seguiria sua estrada, leal à sua natureza, mesmo sabendo o quanto isso lhe custaria.

Para Rafael, o fator emocional era bem mais ameno. Quando chegou de São Paulo, foi diretamente ao quarto da pensão e lá deixou sua bagagem. Em seguida, foi à sua casa buscar outros pertences.

– Mãe! Você fez a sua opção há muito tempo... Agora, eu faço a minha. Eu adoro você, mas estou cheio da prepotência do pai!

Sua mãe chorava por ele fazer uma "escolha tão infeliz", como ela própria dizia. Mas há muito tempo sabia que ele faria exatamente o que decidisse fazer.

Seu pai, ao contrário, julgava ter ainda um trunfo: seu patrimônio. Não deixaria seu filho envergonhá-lo para sempre! No entanto, o encontro deles foi cruel. Nenhum dos dois omitiu palavras que pudessem ferir.

– Não tenho filho veado! – disse o pai.
– Não tenho pai safado! – disse o filho.
– Se você passar daquela porta hoje, nunca mais entrará nesta casa! Nunca mais contará comigo pra nada! Nunca mais verá um tostão meu! E estará definitivamente deserdado!

– Negócio fechado! Mesmo por que, com as suas mil mulheres, seu dinheiro não durará muito! Mauro já me disse, há algum tempo, que a empresa não vai bem... Fiz o favor de não aceitar sua proposta de ir e ficar nos Estados Unidos. Hoje faço o favor de deixar pra sempre esta casa. Não a minha mãe! Porque eu sei que ela vai acabar entendendo!

– Devolva já o dinheiro que dei pra sua viagem! E a passagem! – gritou seu pai.

– Não! Este não devolvo! Nem a passagem! Quer queira, quer não, sou seu filho, e isso não é nada perto do que enfia nas suas vagabundas!

Seu pai avançou sobre ele, e ele o segurou.

– Não, pai! Não vai me bater! E eu não quero machucar você!

Sem remorsos saiu e deixou, de fato, tudo para trás.

Não tardou a encontrar uma casa que serviria aos dois. Era pequena, mas tinha um jardim. Ele sabia que Marcos ia adorar. Já o via ali, cuidando das plantas, fazendo brotar flores daquela terra seca, castigada pelo sol e calor. Depositou três meses de aluguel, comprou um colchão de casal, um fogão, uma mesa, miudezas e almofadas que os dois espalharam por todos os lados.

Enquanto ainda estiveram de férias, puderam estar juntos todas as noites. Marcos só ia à casa de seus pais muito tarde, para dormir. A família não queria perder a esperança enquanto ele aparecesse por ali. O ambiente, entretanto, estava triste e pesado, o que muitas vezes o deprimia.

Rafael conseguiu emprego como auxiliar de escritório numa pequena empresa, passando a estudar à noite em agosto daquele ano.

Marcos, então, voltou às crianças que ensinava. E à faculdade, também à noite. Almoçavam e jantavam juntos na nova casa. Marcos ali deixava aos poucos suas roupas e, às vezes, dormia por lá. Rafael, pacientemente, esperava setembro chegar.

No dia 2 de setembro, precisamente, Marcos deu sua aula, almoçou com Rafael e, dessa vez, foi à tarde caminhar pela praia. Queria juntar-se definitivamente ao companheiro antes do prazo combinado expirar. De nada adiantaria adiar o inevitável, não haveria hora exata para o passo que daria e ele não ia recuar.

O inverno terminava. A estação das chuvas, que apenas atenuavam o calor, parecia despedir-se. Era a volta do sol ao encontro da natureza hidratada, vivificada, verdejante. Era a hora de começar um novo ciclo, uma nova vida. Era a hora.

Foi então que se sentou à mesa de um bar da orla. E, numa folha de papel de embrulho, que pegou ali mesmo, começou a escrever:

Abro meu coração. Agora. Antes que minha história se torne banal e meus sentimentos sejam vulgarizados.

Olho o mar, verde, lindo, depois do longo e úmido inverno. Deste lado do mundo, três meses de chuvas são uma eternidade. Gostaria de seguir o sol, onde quer que ele estivesse. Desde que fosse ameno. No alto verão, há dias em que sinto estar sentado sobre a linha do Equador. Tórrido sol parece fundir meus pensamentos. O suor escorre quente por meu rosto e todo o meu corpo. Escondo-me, então, à espera da brisa da tarde. Como é bom esperar a brisa! A tarde!

É setembro. Logo mais estarei diante de nova estrada. Não sei aonde me levará. Só sei que preciso percorrê-la. *Prefiro o risco das decepções e dos momentos difíceis à dor da covardia. A questão é ir. Em frente. Contra a corrente ou contra a minha natureza? Violentar princípios, fundamentados não sei como nem por quem, ou violentar a mim mesmo e perder a esperança? A questão é ir. Em frente. Não é fácil ter coragem. Escolher um percurso que já sabemos ser difícil. Mesmo sendo ele o único caminho que o coração aponta como verdadeiro.*

Parou de escrever. Tudo estava decidido. Dobrou o papel, que leria muitas vezes em sua vida, e o guardou.

Em sua casa, juntou tudo o que era seu e preparou-se para partir. Porque era como era, inteiro, quis esperar seu pai chegar. Suas malas estavam prontas em seu quarto.

Sua mãe já sabia, quando seu pai chegou.

Não precisou dizer nada, Paulo entendeu.

– Você vai mesmo, Marcos? – perguntou-lhe cheio de tristeza.

– Vou, pai. Vou porque é a minha vida... e ninguém vai poder vivê-la por mim. Lamento precisar magoá-los, não queria que fosse assim.

Pela primeira vez em sua vida, viu seu pai chorar.

– Não posso impedi-lo de quebrar a cabeça... Não se esqueça de que estaremos sempre à espera de sua volta – não pôde continuar.

— Eu queria tanto, pai, que vocês só quisessem que eu fosse feliz. Mas sei que não é assim. Eu amo vocês, vou pra tão perto... logo aí.

Raquel olhou-o com raiva, desviando-se dele quando quis beijá-la. Ele ia dizer-lhe qualquer coisa, ela o interrompeu:

— Espero que o meu namorado nunca saiba que eu tive um irmão como você! Eu morreria de vergonha!

Ele não conseguiria mesmo dizer mais nada. Se não saísse de imediato, não sabia quando sairia de lá.

Foi tão difícil deixar sua mãe em prantos. E seu pai e seus irmãos. Isso Rafael aceitava sem poder compreender. Para ele, bem mais racional, a questão era simples: era a vida deles e ponto-final!

Durante vários dias, Marcos caminhou pela praia. Agora, já não pela manhã antes das aulas, mas à tarde, antes de jantar com Rafael. Era assim, andando e pensando, que resolvia dentro dele as questões difíceis de dividir com o companheiro.

11

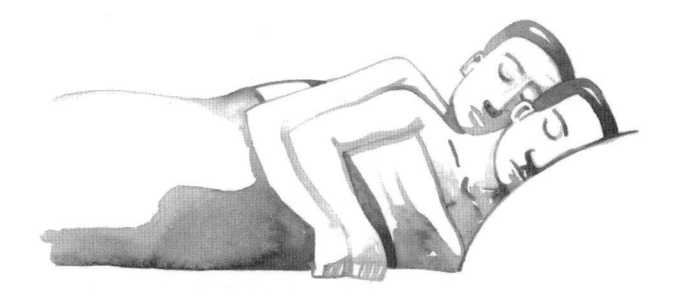

Desta vez, ele próprio chegaria a padre Inácio e contaria tudo. Não queria que ninguém o fizesse em seu lugar. Esperou refazer-se da saída da casa de seus pais e foi procurá-lo. Queria estar mais calmo e certo de tudo o que diria. Na verdade, teria preferido que o padre tivesse sempre sabido, pois surpreendê-lo com o fato consumado, parecia-lhe quase injusto. O padre já não era jovem e ele sabia o quanto era por ele estimado. Seria mais um momento difícil a enfrentar. Não podia, no entanto, esperar que tudo chegasse de outra forma aos ouvidos daquele homem que sempre o valorizara tanto diante de todos.

Conversara à noite com Rafael sobre o assunto e mais uma vez fora difícil fazê-lo entender seus sentimentos.

– Por que, Marcos, tem tanta dificuldade de resolver as coisas dentro de você? – perguntara-lhe ele.

– Porque nesse momento tenho sido obrigado a golpear pessoas importantes pra mim, Rafael! Padre Inácio acompanha minha vida desde que eu tinha três anos de idade!

— Mas é a sua vida! Ninguém tem o direito de impedir você de vivê-la! É isso que precisa compreender pra sofrer menos...

— Não sei ser racional como você... até queria, eu admiro seu jeito de ver as coisas, mas meu coração não deixa... — e as lágrimas brotaram-lhe nos olhos, incontroláveis.

Rafael acariciou sua cabeça como se acariciasse uma criança. Não disse mais nada. Perdia um pouco sua própria racionalidade diante do sofrimento de Marcos. Quando via lágrimas em seus olhos, não conseguia impedir-se de sofrer com ele. Dormiram abraçados. Pela manhã, Marcos acordou seguro, o amor de Rafael o comovia mais do que todo o resto. Como fora linda aquela noite de afago silencioso, de respeito profundo por sentimentos que o companheiro nem sequer compreendia.

Padre Inácio recebeu-o logo cedo. Pediu a um padre que cuidasse da classe de Marcos, enquanto conversassem. Sentira o seu rapaz muito tenso e sofrido naquela manhã. Não podia deixar de atendê-lo.

Assim, Marcos, sentado à sua frente e desta vez olhando nos seus olhos, disse:

— Antes de mais nada, padre, quero que saiba que sempre terei pelo senhor a maior estima e gratidão... Olhando assim pra mim, o senhor me acha hoje diferente do que sempre fui?

— Hoje, meu filho — o padre sorriu —, você parece mais velho do que de costume... hum! Mais abatido, com ar cansado. O que houve?

– O senhor se recorda de que há algum tempo me fez ler um livro que explicava as crises do homem, quando ao escolher um caminho ele fosse obrigado a preterir outro?

– Claro! Fiz você ler porque sabia que iria compreender. Por quê? Você está em crise agora?

– Na verdade, padre Inácio, eu não deveria estar. A minha escolha não devia me obrigar a preterir nada... mas eu sei que o senhor me obrigará.

– Meu Deus! – disse o padre, rindo. – Está querendo filosofar mais do que o filósofo! Marcos, às vezes me custa acreditar que tenha só dezenove anos, sabe? Mas, diga lá, por que a responsabilidade será minha!

Marcos também riu. Era querido demais aquele padre meio gorducho de bochechas coradas.

– Está bem! Vim lhe dizer que o meu cargo de professor fica à disposição do senhor a partir de hoje.

– A esta altura do ano letivo? Impossível! – disse o padre, espantado, sem entender mais nada.

Agora, por saber o tamanho do choque que daria, quis ser rápido!

– Padre! Há quatro dias, assumi minha relação com Rafael. Na verdade nunca deixei de amá-lo, nem de me encontrar com ele. Deixamos nossa casa e passamos a viver juntos.

Diante do espanto de padre Inácio, o coração de Marcos quis explodir-lhe o peito. O padre olhava para ele como se nunca o tivesse visto antes. Custou a falar. Mas, quando o fez, foram tantas as questões por ele levantadas, que Marcos ficou atordoado. Não queria respostas! Não lhe fazia perguntas! Seguia em frente, como se quisesse exorcizá-lo de todos os demônios. Nunca vira padre Inácio tão transtornado! Para ele, Marcos arruinava para sempre a própria vida e manchava o bom nome da escola.

Aquele tom de condenação indiscutível, como se o caso dele fosse o primeiro desde o começo do mundo, em vez de deixar Marcos com pena, fez que subitamente sentisse muita raiva.

Marcos provava estar irredutível diante do seu direito de amar um homem, em vez de uma mulher, e de um amor que o padre não compreendia, nem compreenderia porque era pecado compreender! Ao final, derrotado, o padre pediu a Marcos que o procurasse dentro de dois dias. Não podia resolver sozinho aquele caso, consultaria outros religiosos.

A tão pouco tempo de terminar o ano letivo, depois do choque e de algumas reuniões, o padre acabou por pedir-lhe que ficasse ali até o final do ano. As crianças o adoravam e seria um desastre sua saída, àquela altura. Pediu-lhe ainda que até lá vivesse sua vida o mais discretamente possível, de maneira a não criar problemas à escola. Ao que Marcos respondeu:

– Não se preocupe, padre. Não perdi o respeito por mim mesmo, nem por ninguém. Só não posso pedir que aceite, ou que me compreenda.

Terminado o ano letivo com sucesso, prestou concurso numa escola da prefeitura e conseguiu uma classe para o ano seguinte.

Despediu-se daquele colégio e daquele padre para sempre.

Rafael também, por sua vez, deveria renunciar ao que sempre quis. Talvez pela necessidade de sobrevivência, começou a gostar do trabalho que fazia. Passaria, no ano seguinte, do curso de Técnico em Eletrônica para o de Técnico em Contabilidade.

Passado o momento do impacto que sua saída causou, Marcos continuou a ir à sua casa. Ninguém lá aprovava sua vida, nem queria saber de Rafael. Mas o tratavam com respeito. Raquel apenas o cumprimentava.

Rafael nunca mais conseguira ver sua mãe, proibida pelo marido de recebê-lo em casa e de procurá-lo. Nem seus irmãos que, envergonhados, preferiram esquecê-lo.

Mas os dois se amavam, e isso lhes bastava. Quando estavam juntos, em casa, esqueciam-se de tudo e de todos e viviam o amor que assumiram. Descobriram o prazer de amar em total liberdade, sem medo de castigo, sem culpa. Não era só o prazer que o amor lhes dava, mas, acima de tudo, a admiração e o respeito que um tinha pelo outro. A afinidade que tinham de espírito. A seu modo, no papel que cada qual assumira na vida em comum, revelavam-se melhor do que o outro esperava.

Aprenderam a cozinhar e os dois dividiam as tarefas da casa. Marcos sempre fora muito ordeiro, preferia a arrumação. Rafael não se importava de preparar as refeições. Serviam-se de uma lavadeira para as roupas e viviam, assim, muito bem organizados.

– Sei que vai adorar este risoto de charque que preparei! – dizia Rafael, servindo o companheiro.

– Hoje vai passar um filme lindo na TV! – dizia Marcos empolgado. – Comprei uns salgadinhos e umas cervejinhas pra gente assistir no maior conforto!

Deitavam-se, então, diante da TV e, a cada intervalo, um servia o outro da cerveja gelada, e riam e discutiam o filme. Dormiam felizes, abraçados. E a cada manhã o amor renascia mais fortalecido.

Os únicos amigos de suas antigas relações que ainda os procuravam eram Carla e o noivo. Este aprendera a conhecê-los e, como a noiva, gostava muito deles.

Na cidade muitos sabiam do caso dos dois. Passado o burburinho inicial, ninguém mais comentava. A postura deles diante das outras pessoas fora sempre impecável.

12

Marcos terminara a faculdade e passara a lecionar em dois períodos, ao mesmo tempo em que cursava a pós-graduação.

A situação financeira de seu pai estava péssima e ele ajudava a família. Os estudos de Pedro e Luzia corriam por sua conta. Rafael nunca reclamara desse dinheiro por ele desviado, assumindo quase que inteiramente as despesas da casa.

— Tenho de dar um jeito de melhorar meu rendimento, não posso deixar a casa quase só por sua conta, Rafael — disse ele um dia, incomodado.

— Não se preocupe com isso — tranquilizou-o Rafael. — Sei que sua família atravessa um momento difícil e é você mesmo que tem de ajudá-los. Não falta nada pra gente!

Mas foi só três anos mais tarde que, num Natal, seus pais convidaram os dois. Já não havia nada a fazer, só lhes restava aceitar. A partir daí, Rafael passou a ser por eles aceito como membro da família. Raquel, um pouco mais afastada, não chegava a hostilizá-los. Já digerira o problema e o noivo não dava ao caso maior importância. Em breve se casariam.

Prevendo os gastos com o casamento e conhecendo a situação de seu pai, durante meses Marcos deu aulas particulares em todas as horas de folga e proporcionou à irmã uma cerimônia que nada deveu aos acontecimentos sociais da cidade.

Agora era a vez de Carla se casar. Marcos e Rafael adoravam aquele casal. Nos meses que antecederam o casamento, os dois privaram-se de fins de semana e de tudo o que poderiam abrir mão. Queriam dar ao casal um belo presente.

Carla perdera seu pai havia vários anos e quis que Marcos a levasse ao altar.

— Se não gostasse tanto de você e não conhecesse a sua vida, eu morreria de ciúmes! — disse o noivo dela a Marcos.

— E se eu não gostasse tanto de você, jamais lhe entregaria a minha maior e mais querida amiga, no altar! — respondeu Marcos, sorrindo.

Rafael e Marcos ofereceram ao jovem casal a viagem de lua de mel.

Os alunos de Marcos, tanto os da prefeitura, como os da escola particular, adoravam aquele professor que se revelava um grande didata.

Ele preparou e defendeu sua tese com brilhantismo. Passou a dar assessoria pedagógica a várias escolas.

Rafael era respeitado na empresa em que trabalhava, onde havia algum tempo ocupava cargo de chefia. Estimado pelo patrão e colegas, ninguém comentava, pelo menos com ele, sua vida pessoal.

Compraram, então, um carro usado que serviria aos dois. Marcos, como era o que mais se deslocava durante o dia, normalmente ficava com ele, levando e buscando Rafael no trabalho. Antes de voltarem para casa, no fim das tardes, paravam na orla. Bebiam alguma coisa e caminhavam lado a lado, conversando, rindo e discutindo projetos futuros.

Apesar de tudo o que faziam, em termos financeiros, passavam às vezes momentos de grande aperto. Muito pela ajuda, cada vez maior, que Marcos dava à família. Sempre com o acordo de Rafael.

Enquanto isto, Rafael ficara sabendo que seu pai se arruinava. Já havia perdido bem mais da metade do patrimônio que tivera. Entregava-se às farras, sustentava mulheres, como se dinheiro se reproduzisse sozinho.

Mas, seu pai nunca o perdoara nem o perdoaria. Rafael via na família de Marcos sua própria família.

– Você não se preocupa com sua mãe? – perguntou-lhe um dia Marcos, enquanto caminhavam pela praia.

– Claro que me preocupo! Você acha que não penso em tudo o que ela renunciou por amar e temer tanto meu pai? – respondeu ele. – Um dia ela vai enxergar o que fez contra ela mesma a vida inteira, e eu sei que vai me procurar.

– Você não pode telefonar pra ela, ou ir vê-la na ausência de seu pai? – insistiu Marcos, intrigado por Rafael não tocar nunca nesse assunto.

– Ela morreria de medo que o "velho" descobrisse! Eu criaria um problema a mais... prefiro esperar – disse ele, aparentemente tranquilo.

A verdade é que Rafael sempre fora muito fechado. Tinha outro jeito de trabalhar seu interior. Não se martirizava por questões que se resolveriam por si sós, nem por aquelas que não tinham solução visível. Vivia como se sua vida só tivesse começado a partir do momento em que passaram a morar juntos. O bem-estar dele e do companheiro era o que mais lhe importava. Para isso, não media sacrifícios e não se privava do direito de mimar Marcos, fazendo-o nos mínimos detalhes.

– Vou preparar o quarto pra você dormir – dizia a Marcos, que tinha o hábito de dormir por uma hora após o almoço.

Ligava, então, o ventilador. Fechava a janela e ajeitava os travesseiros, só deixando o companheiro depois dele ter adormecido. Na sala lia os jornais, ou via TV, até Marcos despertar para levá-lo de volta ao trabalho e ir, ele também, trabalhar.

Era um mimo que Marcos adorava. Naqueles momentos, sentia-se amante e filho daquele rapaz de sua idade, a quem tanto amava.

Durante esse tempo todo de felicidade e de luta, havia um único problema que às vezes entristecia a ambos. Rafael queria muito um filho e Marcos também. Mas isso não poderiam se dar. Era como uma sombra acompanhando a distância a felicidade dos dois.

13

Aproximava-se o Natal. Estavam eles, então, com vinte e oito anos. Rafael andava nervoso nos últimos dias e Marcos não conseguia descobrir o motivo. As saídas de Rafael eram sempre pelo humor. Era preciso conhecê-lo muito para perceber que algum problema o incomodava. Mais controlado, tinha poucos arroubos de emoção. Marcos, ao contrário, se sentisse vontade, chorava, batia porta e atirava coisas no chão.

Era uma sexta-feira. Com seus alunos, Marcos preparava, numa das escolas em que lecionava, a festa de fim de ano. Rafael, a quem todos conheciam como seu amigo, mas na verdade a maioria sabia da relação dos dois, estava convidado a participar da festa e deveria chegar antes dela começar.

Depois de atrasar meia hora a comemoração, Marcos decidiu dar início à festa sem a presença do companheiro, pois não sabia a razão do atraso e naquele dia Rafael ficara com o carro.

A comemoração chegava ao fim. Inquieto pela demora, em conversa com uma professora que acabara de chegar, pediu-lhe que ficasse em seu lugar até todos os alunos saírem. Iria à procura do amigo, que deveria ter vindo e que não dera, até aquela hora, qualquer notícia.

– Aquele seu amigo que vem às vezes buscá-lo? – perguntou ela, espantada. – Mas eu o vi agora mesmo, quando estava vindo pra cá, entrando com uma moça no Edifício São Domingos, a três quadras daqui! – concluiu.

Marcos perdeu o chão. Com muito esforço controlou-se, pedindo que ela encerrasse para ele aquela festa.

Saiu como louco. Viu o carro deles parado a pouca distância do edifício indicado e descreveu Rafael ao porteiro:

– Preciso encontrá-lo com urgência! – dizia transtornado. – É um caso de vida ou morte!

Diante de seu desespero, o porteiro não duvidou tratar-se de assunto muito grave.

– Faz uma meia hora, acho que era o rapaz que procura, subiu com dona Beatriz. Se for ele, o apartamento dela é o 14, no primeiro andar. Um momento, vou perguntar pelo interfone...

– Não perca tempo avisando. Vou subir imediatamente – disse ao porteiro, subindo alucinado as escadas.

Tocou a campainha e escondeu-se para não ser visto pelo visor. Seu coração em breve explodiria! Levou algum tempo para alguém chegar à porta e perguntar quem era.

Tremia ao responder, falseando a voz:
– Telegrama pra dona Beatriz!
Ela, de roupão de banho, abriu a porta. Marcos não quis nem saber, entrou furioso, sem se importar com os gritos dela, procurando o quarto, onde encontrou Rafael tentando vestir-se, apressado.

Quando o viu, Rafael empalideceu:
– Eu amo você! Eu amo você! – dizia. – ... Marcos, eu só quero um filho!

Marcos saiu enlouquecido pelas ruas, andou horas e horas até sentir-se exausto. Foi para um hotel próximo da orla e lá ficou aquela noite.

Rafael vestiu-se e saiu atrás dele. Não conseguindo alcançá-lo, desesperado, foi para casa. Passou a noite em claro, esperando por Marcos, que só apareceu no dia seguinte à hora do almoço. Entrou direto para o quarto, escancarou o guarda-roupa e começou a fazer sua mala. Rafael o segurava e ele o empurrava, não queria conversa.

– Você não sai daqui enquanto não me ouvir! – disse Rafael, trancando a porta do quarto.

– Seja o que for que tenha a dizer, não me interessa! – gritou Marcos. – Não fico mais com você! Não confio mais em você!

Foi um momento difícil aquele. Desde que eram adolescentes, Marcos nunca mais havia visto Rafael chorar. Não conseguiram dizer mais nada. Ambos choravam.

Quando os dois se acalmaram, Rafael explicou:

– Essa mulher não significa nada pra mim! Ela andou me assediando, insistindo... eu quero um filho, Marcos! Daria tudo na vida por um filho! Sei que não pode me dar... e eu não abro mão de você!

Marcos também desejava muito um filho. Mas como buscá-lo? Não podia permitir que Rafael se entregasse a uma mulher só para aquele fim. No entanto, o sofrimento de Rafael naquele momento deixava-o confuso. Tinham de encontrar uma saída para a questão, que preservasse a união e o amor deles!

– Vamos adotar uma criança, Rafael... é a nossa única saída – disse ele, finalmente.

– Como? Onde? – reagiu Rafael. – Com o mundo de preconceito em torno da nossa vida? Quem confiaria uma criança pra dois homens criarem, juntos? As pessoas vão logo pensar que vamos transar na frente da criancinha... que vamos influenciar a sexualidade dela... que vamos conduzir o uso do seu sexo...

– Não, Rafael! Não é assim! Tanta gente conhece nós dois e sabe que não somos um casal desvairado, desequilibrado, que põe o sexo acima de tudo! Hoje temos muitas pessoas a nosso favor, que compreendem e aceitam a nossa vida. No meio de tantas crianças abandonadas por toda parte, há de nascer uma que será nossa!

A partir desse dia, Marcos, decidido, falou com algumas pessoas que os conheciam e eles passaram a esperar com ansiedade que num momento qualquer, de algum lugar, chegasse a notícia do nascimento do filho.

No fim de agosto do ano seguinte, portanto, oito meses mais tarde, uma das pessoas que sabiam da busca informou a Marcos de que na cidade onde estivera por uns dias, no Estado vizinho, num colégio de freiras, haviam abandonado um menino. As freiras procuravam alguém que quisesse criar o bebê como filho. Ela própria quisera trazê-lo para eles, mas seu marido não consentira. Preferia que ela lhes dissesse e que eles próprios fossem buscar a criança. E que lá mesmo, na pequena cidade, encaminhassem o pedido de adoção.

No dia seguinte, Marcos e Rafael saíram de casa antes do dia clarear. Os dois, ansiosos e tensos, pouco falavam durante o longo percurso. Rafael dirigia. Marcos, vencido pela monotonia da estrada, cochilou. Acordou sobressaltado instantes depois.

– Sonhei com o bebê! Vi direitinho a carinha dele. Era lindo, gordinho! – falava, excitado.

– Vê se não fica aí imaginando... de repente já deram pra outra pessoa. Ou não é nada do que você pensa – disse Rafael, sempre mais realista.

Chegaram ao colégio algumas horas depois, onde se apresentaram como amigos. Marcos e Rafael identificaram-se, informando serem ambos solteiros, e Rafael explicando que havia tempos desejava criar uma criança. O bebê lá estava, com apenas algumas semanas de vida. O colégio não podia abrigá-lo e, pelas informações que levantaram, não havia local confiável para onde pudesse ser encaminhado, naquela cidade.

Quando a irmã chegava com o bebê no colo, Rafael continha-se para não chorar. Marcos pediu emocionado:

– Irmã! Deixe eu pegar o bebê?!

A irmã entregou-lhe a criança.

Era imensa a emoção que ambos sentiam, ali olhando o bebê.

– Estou certa de que esta criança estará em excelentes mãos.

– Irmã! – disse Marcos. – Nunca se preocupe com este bebê. Não haverá outro na terra mais amado do que ele...

A irmã contatou, em seguida, o juizado da cidade. Ficou acertado que por lá passariam os rapazes para formalizar a guarda provisória em nome de Rafael, como já haviam combinado. Rafael, entrevistado pela assistente social que acompanharia o caso até a adoção definitiva, um ano mais tarde, assumiu o compromisso de para lá voltar periodicamente com a criança.

A viagem de volta foi bem mais longa e bonita. Rafael dirigia com todo o cuidado, evitava buracos, ria à toa. Exprimia à sua maneira a felicidade que sentia. Marcos, lá atrás, não tirava os olhos do bebê, que, dentro de pequeno cesto, dormia como qualquer anjo, alheio à história daqueles dois pais que acabara de ganhar.

Ao chegarem em casa, no fim da tarde, não cabiam em si de alegria! Era um príncipe, um rei aquele bebê que Marcos embalava. Rafael correu ao comércio mais próximo para comprar tudo o que ele pudesse precisar de imediato. O restante ficaria para o dia seguinte.

Conceição, avisada pelo filho, veio correndo. Com ela veio Luzia conhecer o novo sobrinho. Mais tarde chegaram Paulo, Raquel e o marido, Pedro e a esposa, Carla e o marido. Estes, imediatamente convidados para padrinhos. Era uma festa a chegada de Miguel, nome que deram ao filho.

Buscaram uma babá de confiança e cercaram o filho de amor, passando com ele todo o tempo de que dispunham. Agora estavam felizes de fato. Miguel era uma criança tranquila, dava pouco trabalho. Crescia saudável e feliz. Chamava Rafael e Marcos de pai, até o dia em que ele próprio resolveu distingui-los. Continuou, então, a chamar Rafael de pai e passou a chamar Marcos de "painho".

Carla revelava-se uma madrinha dedicada. Era ela quem ia à escola de Miguel quando, por qualquer motivo especial, exigiam a presença específica da mãe. Apresentava-se como madrinha, sendo a figura feminina presente nos momentos em que a educação dele requeria. Ela tinha seu próprio filho, que se entendia muito bem com Miguel. A mãe de Marcos cercava o neto de mimo e Paulo tinha por ele muito amor.

Enquanto isso, do outro lado da vida, o pai de Rafael conseguira perder quase tudo. Restaram-lhe apenas duas pequenas casas, em bairros afastados, de todo o patrimônio que já tivera nas mãos. Uma das casas deu à esposa, de quem se separou. Na outra, ele próprio foi morar com outra mulher. Miguel estava com dois anos, quando Rafael reencontrou sua mãe e ela conheceu aquele neto.

Àquela altura, Mauro, seu irmão mais velho, já se divorciara da primeira mulher e vivia com outra. Como passara a vida na empresa do pai, quando esta faliu, custou a se recompor. Elisa, que se casara sem muita convicção, arrastava com dificuldade seu casamento. Foi então que sua mãe, vendo-o tão realizado, confessou:

– Dos meus três filhos, você é o mais feliz! – e passou a tratar Marcos como filho também.

Não tardou para que os irmãos procurassem Rafael. Mas, durante algum tempo, a relação deles foi apenas formal, até que se restabelecessem os vínculos por muitos anos rompidos.

14

Miguel atravessou a primeira infância com bastante serenidade. Estava com sete anos, era uma criança inteligente, ativa e amorosa. Rafael e Marcos tinham paixão pelo filho. De fato, o menino só lhes trouxera alegrias. Bom aluno, sociável, nadava e aprendia lutas marciais. Abriram mão de todo supérfluo para dar a ele uma educação completa. Nisto, sempre estiveram de acordo. Rafael às vezes aborrecia-se por Marcos mimar demais o garoto; no entanto, era tudo passageiro.

Marcos acabava de viver um momento cruel. Perdera seu pai. Só o tempo poderia abrandar-lhe aquele pesar. Além da perda, a partir de então, passou a sustentar inteiramente sua mãe. Suas irmãs, ambas casadas e com filhos, requeriam também seu apoio financeiro. Por outro lado, era Rafael quem arcava com todas as despesas da casa de sua própria mãe e ajudava o irmão, àquela altura desempregado.

Tornava-se cada vez mais difícil, aos dois, de suportarem tantos encargos. Mas havia uma estrela que os acompanhava pela vida; assim, quando tudo parecia impossível, surgiu a grande oportunidade.

Assumia a prefeitura da cidade o candidato que Marcos e Rafael apoiaram nas eleições. Tratava-se de ex--professor de Marcos na faculdade, por quem tinham grande admiração. Marcos, na cadeira dele, fora um aluno brilhante. Ele sempre soubera da ligação dos dois rapazes, mas, muito discreto, jamais tocara no assunto, mantendo pelo aluno, de cuja postura nunca tivera queixa, o maior respeito. Sabia que os dois viviam juntos havia muitos anos e achava ambos muito dignos.

Assim, pouco depois de assumir seu cargo, convocou--os e propôs a Marcos, por este conhecer muito bem a área, a coordenadoria pedagógica das escolas da prefeitura, espalhadas em vários bairros da cidade. A Rafael, propôs a chefia de um setor ligado às finanças do município.

Convite aceito, licenciaram-se de seus respectivos trabalhos pelo período em que prestariam aqueles serviços públicos, ocupando cargos de absoluta confiança. Àquela altura, Marcos já era conhecido pela assessoria pedagógica que prestava com sucesso a algumas escolas particulares.

Ao tomar conhecimento da escolha do prefeito para o posto de coordenador pedagógico, seu secretário da educação reagiu de imediato:

– O senhor vai pôr um homossexual para coordenar a educação das crianças da cidade?!

O prefeito teria então respondido:

— Não! Eu vou pôr na coordenação o aluno mais brilhante que tive na universidade, durante todo o tempo em que lecionei! E que até hoje se mostrou digno de minha confiança!

A cidade crescera naqueles dezessete anos decorridos, desde que Marcos e Rafael assumiram a vida em comum. Foram hostilizados durante bom tempo pelas pessoas que os conheciam. A própria tia de Marcos, mãe de Nilson, afastara-se de sua casa, temendo que os filhos pudessem ser influenciados pelo sobrinho. Mas, pouco a pouco, organizaram suas vidas, conheceram outras pessoas, que, já os sabendo juntos, respeitaram a maneira de ser correta de todos dois. E ali, na sala do prefeito, no momento daquela discussão, estava presente alguém que conhecia e estimava Marcos, e que o informou do ocorrido.

Ao tomar conhecimento do episódio, Marcos dirigiu-se imediatamente à prefeitura, à procura do secretário que tentara barrar sua ascensão. Eles se conheciam de eventos escolares e da campanha eleitoral do prefeito. Não se fez sequer anunciar e convidou, ele próprio, a secretária que ali despachava com o chefe a se retirar.

— Eu vou falar uma vez só! — o dedo em riste, apontando para o outro, furioso. — Eu sou sim homossexual! É esse o nome que dão! Mas desafio você a provar que a sua vida heterossexual seja mais limpa do que a minha! Algum dia você viu, ou ouviu dizer, que eu tivesse tido qualquer atitude que ofendesse a moral e a educação de meus alunos? Ou de qualquer outra pessoa que me conheça??!!!

O secretário, cuja infidelidade à esposa era célebre, teria, se pudesse, buscado abrigo sob a mesa. Embora Marcos amasse como mulher, era muito "macho" quando precisava ser! Gaguejou, pediu desculpas, não sabia o que fazer para acalmar aquele homem enlouquecido diante dele. O fato é que, naquela prefeitura, nunca mais houve atrito entre os dois.

Durante os quatro anos de mandato daquele prefeito, Marcos reergueu todas as escolas da prefeitura, na cidade. Nas suas funções de pedagogo, provou que a prática didático-pedagógica era inviável dentro de escolas mal equipadas e com instalações precárias. Provocou, assim, a reforma e a modernização de todas elas.

Subia no conceito da população, diante do prefeito que via aquele setor de sua administração tão bem cuidado e dos amigos que o viam realizar tantas obras em benefício da comunidade.

Não faltaram, no entanto, perseguições políticas. Tratava-se de cargo muito disputado, e o sucesso de suas reformas valeu lhe, ao lado da conquista de muitos admiradores, muitos inimigos. Alguns deles pretenderam devassar sua vida privada e houve momentos em que desejou deixar tudo e voltar às salas de aula.

Rafael e os amigos, no entanto, não o deixaram desistir. O trabalho que realizava o engrandecia. Propuseram-lhe, então, candidatar-se à sucessão, ou a outro cargo político. Mas não aceitou. Temia pelo filho, que crescia feliz, alheio a todas as injúrias que tentavam levantar contra ele e que, certamente, continuariam tentando enquanto ocupasse cargos de notoriedade.

Ao mesmo tempo, Rafael batalhava em seu posto. Seu cargo, embora menos visado do que o de Marcos, levou-o também a atravessar momentos difíceis, em que pretenderam acusá-lo de atos desonestos. Muitas vezes, como o companheiro, quis abandonar suas funções públicas. Nesses momentos de profundo desânimo, era Marcos quem o reerguia e o impedia de renunciar.

Ao final daqueles longos quatro anos, Miguel com onze anos de idade, os dois estavam desgastados e exaustos. Durante aquele tempo participaram de comemorações, jantares e outros acontecimentos político-sociais. Quase sempre juntos nessas ocasiões, os convites na maioria das vezes eram extensivos aos dois. Mas havia também os eventos específicos de cada setor em que trabalhavam e, não raro, cada qual ia para um lado. Além disso, havia a tensão dos telefonemas anônimos, tentando levantar suspeitas que comprometessem a relação deles, por pessoas que pretendiam desestabilizar aquela união. Por menos importância que dessem às intrigas, restava sempre, sem que o percebessem, pequena sequela a acumular-se aos golpes seguintes. Envolvidos na nova vida, não davam conta do quanto aquele movimento minava a relação e afastava um do outro.

Um ano antes de deixar o posto da prefeitura, preocupado com o futuro deles, Rafael associou-se a dois amigos numa empresa de importação-exportação. Lá trabalhava por duas, três horas, antes de ir para casa à noite. Às vezes só encontrava Marcos e o filho acordados, no café da manhã. Ao deixarem os cargos públicos, voltaram os dois aos antigos empregos. Rafael para a empresa onde já trabalhava, continuando também em seu próprio negócio. Marcos às salas de aula e à assessoria às escolas.

– Ah! Não há nada como ser professor! Juntando a assessoria que dou às escolas, mais o seu emprego, e ainda o seu escritório, podemos viver com dignidade e nada vai nos faltar. Não quero mais saber de cargos tão disputados! É bom, mas acaba com a gente! – disse certa noite Marcos ao companheiro.

O escritório de Rafael crescia. Poucos meses depois, ele e os sócios haviam triplicado o número de empresas que atendiam. Deixou, então, o antigo trabalho para dedicar-se exclusivamente aos próprios negócios. Passou a atender também a empresas de cidades vizinhas, o que o obrigava frequentemente a ficar dois, três dias, ou mesmo a semana inteira fora de casa.

Tentava compensar suas frequentes ausências com gestos que julgava servir como prova suficiente de seu amor por Marcos e pelo filho.

Certo dia, de volta do trabalho à hora do almoço, chamou Marcos à porta.

– Gosta, Marcos? – perguntou, ao lado do carro vermelho com que Marcos sempre sonhara. – É seu! – e entregou-lhe a chave.

Marcos não acreditava no que Rafael, sempre muito brincalhão, dizia. Rafael recuperou a chave e ligou o motor:

– Se nem assim você acreditar, devolvo à loja depois do almoço...

– E o nosso carro? Vendeu? – perguntou Marcos, ainda incrédulo.

– Não! Como não podia trazer os dois, trago o antigo hoje à noite. Aquele fica comigo para o trabalho e as viagens. Faturamos muito bem este mês! E daqui pra frente vamos faturar cada vez mais! – respondeu ele, empolgado.

Durante algum tempo, cobriu o companheiro e o filho de presentes caros. Às vezes, encontrando-os já adormecidos, deixava-os ainda dormindo pela manhã. Partia, colocando os pacotes ao lado da cama de cada um.

Marcos, a princípio divertido com essas surpresas, depois de certo tempo começou a preocupar-se com os gastos excessivos de Rafael e aquela sua busca incontrolável de dinheiro. Haviam comprado dois anos antes a pequena casa onde moravam e era numa casa melhor que pensava.

– Agora é melhor parar – disse ele um dia a Rafael. – Vamos tentar juntar dinheiro pra comprar uma casa melhor do que esta.

– Tudo bem! – respondeu Rafael. – Minha próxima compra será uma casa com todo o conforto!

– Mas eu quero contribuir nessa compra, Rafael! Não acho que deva trabalhar nesse ritmo a vida toda! Já não tem tido tempo pro Miguel... nem pra nós! Ultimamente nem mesmo os fins de semana! – protestou ele.

– Se continuarmos faturando como nos últimos meses, Marcos, em poucos anos, estaremos ricos!

– A este preço?! Pra quê? Daqui a alguns anos, já nem vai lembrar da cor dos olhos do seu filho ou da cor dos meus! A gente precisa de um mínimo de método até pra enriquecer, eu acho!

Orgulhoso do sucesso empresarial e financeiro, Rafael não via nada diante dele além de sua empresa. Não permitiria interferência nesse departamento de sua vida.

– Nunca interferi na sua vida profissional, Marcos! Não ouse interferir na minha! – disse ele, irritado.

– Ora! Não é na sua vida profissional que estou interferindo! É nessa sua súbita ganância, que me assusta! Ganhar dinheiro é bom, mas não se esqueça das outras coisas...

Foi então que explodiram os primeiros desentendimentos entre os dois, levando-os a retirarem-se por períodos mais ou menos longos em mágoas silenciosas.

Rafael passou a viajar cada vez mais amiúde. Trabalhava aos sábados e, muitas vezes, aos domingos. Chegava exausto das viagens que fazia e das tensões próprias dos negócios, sem ânimo para conversar ou sair.

Passavam-se semanas seguidas em que só conversavam sobre assuntos de emergência. Sem tempo de se olharem nos olhos e de sorrirem um para o outro, como antes faziam.

Marcos, por sua vez, começava a entediar-se e a buscar uma saída.

15

Talvez porque a vida quisesse provar que qualquer relação, seja ela como for, se for descuidada passará por crises e sofrerá desgastes, eles começaram de vez em quando a sair, cada qual para um lado. Os programas de Marcos, no entanto, tornaram-se cada vez mais frequentes. Preenchia o vazio que sentia indo a festas, jantares ou encontrando-se com amigos nos barzinhos da orla.

Agora, Rafael, ao chegar de suas viagens, nem sempre encontrava o companheiro a sua espera, ou adormecido. Enciumado e calado, aborrecia-se. Não reclamava, nem fazia perguntas. Não era seu feitio cobrar o que achava lhe ser devido. Marcos, por sua vez, nada explicava por julgar as explicações desnecessárias. Eram os primeiros desencontros. Estavam então com quarenta anos.

Havia tempos, Laura, gerente de uma das empresas que Rafael atendia, assediava-o. Jovem bonita e sedutora, propôs-lhe algumas vezes almoçarem juntos, a princípio a negócios. Depois, passou a deixar o próprio carro em casa e a pedir caronas a Rafael. Começaram, assim, a se envolver. Se era um envolvimento passageiro, ou não, ninguém podia saber. Mas eram os dois muito conhecidos na cidade, e o caso não tardou a chegar aos ouvidos de Marcos, com quem Rafael vivia há vinte e um anos.

Recordando-se das várias tentativas de intrigas de que foram vítimas até meses antes, por cartas e telefonemas anônimos, Marcos não quis a princípio acreditar. Uma súbita desconfiança, um momento breve de profunda insegurança impeliram-no, entretanto, a observar o companheiro com maior atenção. O perfume diferente vez por outra... o forte odor de estranha bebida... teriam, quem sabe, passado despercebidos, não fosse seu espírito estar alerta.

Certo dia, no café da manhã, dos raros momentos em que se encontravam frente a frente nos últimos tempos, esperou Miguel sair para a escola e quis saber:

– Rafael!... Havíamos jurado não levar a sério telefonemas anônimos... ultimamente temos estado tão distantes... conhece uma mulher chamada Laura?

Sentiu Rafael estremecer ao seu lado. Ele próprio sobressaltou-se com aquela reação muda. A confirmação, a certeza, naquele momento o desestruturariam. Antes que Rafael respondesse, continuou:

– Se não quiser, não precisa responder... eu não acredito!

– Conheço, sim, uma mulher chamada Laura – disse Rafael recompondo-se. – É gerente de uma das empresas para as quais forneço... almoçamos uma ou duas vezes juntos, a negócios.

A aparente tranquilidade de Rafael, sem sequer perguntar-lhe o que soubera a respeito, enfureceu Marcos. Por mais que quisesse controlar, o ciúme explodiu:

— Uma ou duas vezes, Rafael? – gritou ele.

— Não sei! – gritou também Rafael. – Vá cuidar dos seus amigos nos barzinhos da orla, da minha vida cuido eu!!! – levantou-se e saiu, deixando Marcos petrificado para trás.

Nos dias que se seguiram, tudo se agravou. Durante semanas, discutiam a cada vez em que se cruzavam dentro de casa. A situação tornava-se insustentável. Rafael confirmou, então, estar envolvido com Laura. Para aumentar o desespero de Marcos, a adoção de Miguel fora em nome de Rafael.

Um dia, já pouco se falavam, Rafael almoçou com Marcos em casa.

— No fim deste mês, vou embora. Não se preocupe, vou continuar a cumprir todos os meus compromissos financeiros – disse ele, sem qualquer emoção aparente.

Ao ouvir isto, dito com esta frieza, Marcos por momentos desequilibrou-se. O que fazer numa situação daquelas? Apesar da crise que atravessavam e do envolvimento declarado de Rafael, apesar de nos últimos dias ter pensado que isso, talvez, pudesse vir a acontecer, não acreditava que de fato acontecesse com os dois! Uma decisão tão drástica parecia-lhe ainda distante.

Nas últimas semanas, Marcos emagrecera vários quilos. Não quis comentar com ninguém o momento que viviam, por não acreditar que tudo aquilo pudesse levá-los à separação. Agora, não haveria como, sem submeter-se à mais profunda humilhação, impedir Rafael de partir! E se submeteria a isso, se achasse que assim as coisas mudariam. Rafael parecia deslumbrado com o sucesso de sua nova vida empresarial! Se fosse um momento de loucura, tudo em breve passaria.

– Vá! – conseguiu dizer. – Mas Miguel você não leva!

Rafael estremeceu. Esta era a questão mais difícil a ser resolvida. Tinha todos os direitos legais sobre o filho, adotado em seu nome. Mas sabia que Miguel tinha adoração por Marcos e este por Miguel.

– Meu filho não pode entrar em disputa! Ele próprio decidirá com quem prefere ficar! Mesmo porque não vou deixar jamais de vê-lo ou de conviver com ele! – respondeu Rafael, afastando seu prato.

– Miguel não sai desta casa! Ele não é "seu" filho, como diz, ele é "nosso" filho, Rafael! – Marcos levantara da mesa, deixando cair copo, prato, tudo se espatifando no chão.

Como era difícil o confronto dos dois numa questão tão delicada! Procuraram, desde que começaram a se desentender, evitar discussões diante do filho que, entretanto, percebia estarem eles vivendo um momento de conflito. Àquela altura, Miguel já compreendia a ligação dos pais adotivos. Nunca se sentira inseguro ou inferiorizado por ser filho de dois homens. Nunca assistira a qualquer cena íntima entre eles. Convivia muito bem com aquela situação, estranha aos olhos dos outros, mas a ele nada daquilo chocava. Sua própria sexualidade desenvolvia-se sem qualquer interferência, não sendo em nada afetada pela sexualidade dos pais. Sentia-se amado demais para temer o que quer que fosse. No fundo, estava sofrendo com Marcos nos últimos dias, porque sabia que era Rafael quem, naquele momento, se afastava.

– Miguel é que vai decidir, Marcos, quer você queira, quer não! – disse ainda Rafael, da porta, antes de sair.

Marcos cancelou suas aulas daquela tarde. Precisava ordenar as ideias dentro dele para não enlouquecer. O que faria de sua vida se perdesse também Miguel? Por outro lado, não podia e não queria pressioná-lo a ficar com ele. Sabia que Miguel desconfiava do atual conflito entre os dois, mas procurara poupá-lo de todas as maneiras. Aumentara sua carga horária de esportes e outras atividades, para que presenciasse o mínimo possível a hostilidade que eles já não conseguiam esconder.

Decidiu, finalmente, contar tudo à sua família e à família de Rafael. E a Carla e ao marido, naturalmente, que acompanharam a vida toda dos dois.

As duas famílias, naquele momento, de um lado e de outro, apoiaram Marcos e por nada queriam aquela separação. Na verdade, ninguém mais naquela cidade podia imaginar os dois separados.

Acertaram entre eles, depois de muita discussão, que Miguel decidiria com quem ficar. Ao outro, restaria o direito de vê-lo até todos os dias, se assim o quisesse.

No fim do mês, no dia fixado por Rafael para sua partida, Marcos preparou, ele próprio, sua mala, deixando-a próxima à porta.

Surpreso ao encontrar sua bagagem pronta, Rafael, tão seguro até então do passo que daria, desarmou-se. A relação, no entanto, estava de tal forma desgastada que Marcos, embora não o desejasse, achou aquela separação necessária naquele momento.

Chamaram Miguel e juntos confirmaram o que o filho já desconfiava. Vira muitas vezes Marcos chorando nos últimos dias.

— Você é livre para escolher — disse Rafael ao filho. — De qualquer maneira não será privado de conviver com os dois. Se ficar, virei vê-lo sempre que puder e nos fins de semana. Se for, Marcos fará o mesmo...

Miguel não quis pensar muito e, cheio de mágoa, respondeu ao pai Rafael:

— Não se esqueça do que acaba de prometer. Não se esqueça de mim... sou seu filho... Eu fico aqui em casa.

Ao ouvir essa resposta, Marcos não conteve a emoção. Nem Rafael, que chorando abraçou Miguel.

— Como eu poderia esquecer você! — disse ao filho, antes de sair.

Marcos sentiu que, naquele instante, se lhe pedisse para não ir, Rafael talvez voltasse atrás. Em vez disso, acompanhou-o até a porta e despediu-se:

— Quando se cansar de andar por aí... lembre-se de que estou aqui...

16

Apesar de ter-se abatido muito nos dias que se seguiram à partida de Rafael, Marcos sabia que aquela separação, àquela altura, era inevitável. Por sorte, tinha os trabalhos que adorava, o filho que era a razão de sua vida e todos os familiares e amigos de seu lado.

Dessa vez, Rafael não ficara completamente só por ter Laura como companhia.

Um casal de amigos, transferido para São Paulo no ano anterior, insistia nos últimos meses para que os dois fossem com o filho passar a Páscoa com eles. O conflito e a separação impediram-nos de confirmar a viagem.

Rafael deixou sua casa no último dia de março. Nos primeiros dias de abril, na tentativa de sair da depressão em que se afundava, Marcos confirmou aos amigos que ele e o filho lá estariam na Semana Santa.

Rafael telefonava diariamente a Miguel, desde o dia em que partira. Mas, por estar ele próprio abalado, reviu--os apenas à véspera do embarque.

Os amigos de São Paulo, inconformados com a separação como todos os demais, proporcionaram a Marcos e a Miguel uma semana de muitos programas. O que a princípio não aliviava o sofrimento de Marcos, ao contrário, aumentava-o. Preferia estar compartilhando com Rafael aquela hospedagem.

No entanto, dias depois ao deixar São Paulo, o momento mais doloroso abrandava-se. De volta, retomou sua vida. Quis mudar tudo. Alugou sua casa, mudando-se com o filho para outra mais confortável. Trocou os móveis, tornando-a mais alegre e aconchegante. Voltou a procurar os amigos e aproximou-se ainda mais de Miguel, saindo com ele a passeio frequentemente.

Rafael é que naquele período se abatera. Certamente compreendera a precipitação do passo que dera. Vinha três, quatro vezes por semana à nova casa. Já não viajava como antes. Apanhava Miguel todos os domingos e com ele ia à praia. Começava a cansar-se de Laura, que logo se revelara ser apenas bonita. Lembrava-se da riqueza interior de Marcos, dos caminhos difíceis que percorreram para chegar aonde chegaram. Mas não sabia como voltar atrás.

Passaram-se quatro meses da separação. Sua vida perdia todo o encanto. Já nem encontrava o estímulo que antes o impelia a batalhar pelo sucesso. Começava a falhar em seu trabalho, a delegar decisões importantes, a perder o gosto pela vida.

Enquanto isso, Marcos acompanhava o filho ao cinema, às festinhas dos amigos, apoiava e estimulava seus namoros com as meninas da escola. Miguel expressava sua sexualidade livremente e de maneira saudável, conversava com naturalidade sobre a separação dos dois pais e tinha, dentro dele, a certeza de que em breve Rafael voltaria para casa.

Agora, Rafael aparecia por lá quase todos os dias. Sempre fora orgulhoso demais para recuar. No aniversário de Marcos, chegou antes de todos os demais.

– São ainda as suas preferidas, não é mesmo? – perguntou meio sem jeito a Marcos, entregando-lhe enorme buquê de rosas vermelhas.

– Continuo gostando de tudo o que sempre gostei – respondeu Marcos, sorrindo.

Para Rafael, aquela resposta transcendia às rosas e ele se encheu de esperança.

– Não estou mais vivendo com Laura... – disse, enquanto Marcos acomodava as rosas no vaso, sobre o móvel.

De costas, Marcos sentiu o calor do olhar de Rafael atrás dele. Mas, desta vez, seria ele o racional. Só terminou o arranjo das flores depois de controlar a emoção.

– Por quê? – perguntou com aparente indiferença, voltando-se para Rafael.

– Porque ela foi um instante só... e passou – respondeu Rafael, com tristeza.

– Espero que tenha mais sorte na próxima escolha! – disse Marcos, indo receber à porta as pessoas que chegavam e sem dar mais, pelo resto da noite, a menor chance a Rafael de voltar ao assunto.

Se Rafael, no entanto, não estivesse tão bloqueado pela angústia que sentia, teria percebido que a alegria de Marcos, aquela noite, nada tinha a ver com a comemoração de seu aniversário.

Na verdade, Marcos sabia que, àquela altura, uma palavra sua bastaria para que Rafael voltasse para casa. Mas não era assim que o queria de volta.

Dias depois, conversando com Carla, esta quis saber:

– Por que você se faz de tão forte e não dá abertura para Rafael voltar? Será que não pode perdoar esse período de loucura? – ela sabia que a volta de Rafael era o que Marcos mais desejava.

– Sabe, minha amiga – respondeu ele –, quando Rafael decidiu ir embora, há cinco meses, eu pensei que fosse enlouquecer. Não sei o que teria feito, se não fosse Miguel. Nesses meses, sofri mais do que você imagina. E cresci! Acho que ainda não está na hora dele voltar. Ele tem de sofrer mais um pouco, agora sozinho, pra crescer também.

– Eu quero tanto ver de novo vocês juntos! – disse ela, emocionada.

– Você tem sido uma amiga extraordinária, Carla. Quando vou poder retribuir tudo o que tem feito por nós todos?

– Você sabe que ambos fazem parte de minha vida. Não me custa ser amiga de vocês. Adoro o Miguel, eu o vi crescer com meu filho! E você e o Rafael... têm uma história impressionante! Apaixonaram-se aos quinze anos. Há mais de vinte e cinco anos! Naquele tempo, neste lugar, o amor que assumiram era um escândalo! Uma vergonha! Quase um crime contra os costumes! A homossexualidade não era discutida como hoje...

– Mas foi Rafael quem quis ir embora, Carla! Eu não sou santo, sei que houve um período em que eu saía muito com meus amigos e ele se aborrecia. No entanto, nunca me permiti envolver-me com outra pessoa, nem pensar em deixá-lo. Não só pelo amor que sempre senti por ele, como também pelo respeito ao nosso filho, à vida difícil que tivemos e ao preço que pagamos quando viramos as costas a tudo.

– Eu imagino, Marcos... mas, veja, Rafael está arrependido do passo que deu! Ele é orgulhoso, facilite um pouco as coisas. É muito mais do que amor que liga vocês dois. É uma vida incrível de luta e vocês são vencedores!

"Não há na terra amiga maior do que esta!", pensou Marcos, quando Carla saiu. Preparava-se para buscar Miguel no clube onde nadava, quando bateram à porta.

Espantou-se ao ver Nilson, que havia tantos anos não via. Achou-o acabado para a idade que tinha. Embora sentisse certa emoção no primeiro instante, não conseguiu mostrar o menor entusiasmo. Convidou-o a entrar e tratou-o bem. No entanto, a distância entre os dois por aqueles anos todos de afastamento agora era imensa. Nem as lembranças da infância pareciam corresponder à pessoa que ali estava, diante dele. Marcos guardava muita mágoa, sobretudo da tia, que já encontrara na casa da mãe algumas vezes. Desculpou-se por precisar sair, sem fazer questão de saber a que devera aquela inesperada visita. Um dia, com certeza, saberia.

Na realidade, o afastamento de Rafael permitira-lhe fazer minucioso balanço de sua vida. Muitas pessoas, tão importantes no seu passado, ficaram perdidas nas lembranças, como as histórias que o avô contava.

Sabia que ainda havia muito a fazer, mas estava satisfeito com tudo o que conseguira realizar até ali.

De volta do clube, a caminho de casa, Miguel lhe disse:

— Não vou mais chamar você de "painho"... tô grande pra isso! Também não posso chamar você de "mainha", né?!

Marcos riu. Ele continuou:

— Não ia ficar bem nem pra mim, nem pra você!... E se eu chamasse você de "Ma"?!

— Má? Ah, não! Não gostei!

— E "Quinho", de Mar-quinho? Você gosta? — perguntou Miguel, rindo.

— Hum... pode ser!

— Ainda bem! Porque já faz tempo que eu digo aí no clube que o "Quinho" vem me buscar! — os dois riram e a partir dali o apelido foi oficializado.

Rafael passou pela casa deles naquela noite, ao sair do trabalho, e convidou-os para jantar.

— Vá com Miguel — disse Marcos. — Eu tenho uns trabalhos pra preparar.

– Se você não for, eu nunca mais saio com nenhum de vocês dois! – protestou Miguel.
– Está bem! – disse Marcos. – Mas não posso voltar tarde porque tenho muita coisa pra fazer!

Jantaram num restaurante da orla e a noite alegre lembrava os velhos tempos.

Ao deixá-los em casa, Rafael abraçou o filho, e este murmurou em seu ouvido:

– Pai! Nós amamos muito você!

Marcos, ouvindo a declaração feita pelo filho, despediu-se e saiu apressado do carro. Assim que entraram em casa, irritado, disse a Miguel:

– Não queira precipitar as coisas! Não insista mais para eu sair com vocês dois, até o dia em que eu achar que devo! E não faça declarações a seu pai, em meu nome!

– Mas... ele está triste e eu sei que você gosta muito dele! – argumentou Miguel.

– Acontece que eu sei por que estou agindo assim!

– Não é fácil pra mim ficar entre vocês dois, sabia? – Miguel começou a chorar.

– Tá bom, Miguel. Não se preocupe, ele vai voltar pra casa. Eu só quero que ele volte pra sempre! Tenha paciência e não se meta nisso, meu filho, pra não estragar tudo. – disse Marcos, bem mais calmo.

Miguel concordou e foi se deitar. Amava os dois realmente como se tivesse dois pais. Aqueles meses de separação não estavam sendo fáceis para ele também.

17

Carla fazia aniversário em outubro. Marcos queria dar a ela um presente e decidiu organizar uma festa em sua homenagem. Sem que ela soubesse, seu próprio marido o ajudava a listar os convidados e a escolher tudo o que comporia a festa.

Foi Rafael que, um dia, participando com eles da organização, sugeriu:

– Por que não alugamos o salão de festas do Clube Centauro? Poderíamos fazer uma festa inesquecível!

Marcos, a princípio hesitante, de repente iluminou-se.

– Claro, Rafael! Nós colocaríamos à entrada do salão uma faixa: "Uma noite para Carla!" Poderíamos convidar todo mundo! Vamos mandar fazer convites, nos quais constará a inscrição da faixa. – virando-se para o marido dela, pediu: – Você cuida para que ela não desconfie de nada!

Rafael tratou o aluguel do clube. Marcos ocupou-se da faixa, dos convites. Raquel, boa doceira, com Luzia e a mãe, preparou muitos docinhos. Encomendaram salgados e bebidas, contrataram garçons. Rafael montou o som e todos distribuíram os convites. A família dela, do marido, deles dois, muitos amigos de todos. Eram mais de duzentas pessoas no salão de festas, à espera de Carla.

Do marido, Carla ganhou um lindo vestido e ele pediu-lhe que se preparasse com o filho para um jantar especial. Queria sua mulher muito bonita aquela noite! Ela, no entanto, estava triste. Todos pareciam tê-la esquecido! Estranhamente, para ela, ninguém telefonara aquele dia para desejar-lhe feliz aniversário.

Carla era uma quarentona bonita. Guardava no fundo dos olhos uma alma muito pura. Não havia quem não a apreciasse. Durante aqueles anos todos, fora mulher, mãe, filha, irmã e amiga incansável. Sempre disposta a ajudar. Era justo que todos a homenageassem um dia.

Marcos e Rafael cotizaram-se e compraram uma rosa de ouro, a ser usada como broche, para lhe oferecer aquela noite. Estavam tão empolgados com a homenagem à amiga de sempre, que esqueceram estar separados e trabalhavam como dois adolescentes preparando o salão para o baile da primavera.

Alguém chamou a atenção de Marcos sobre isso, ao que ele respondeu:

129

– A gente tem dentro da gente todas as idades que já teve. Hoje, tenho dezesseis anos e Carla vai fazer dezessete!

Ela se espantou quando o marido, parando diante do clube, pediu-lhe que descesse. Aquele clube, ela conhecia havia muito tempo. Só não pensava que ali houvesse restaurante aberto ao público!

Ao entrarem, as luzes do salão acenderam-se. Marcos e Rafael haviam, de fato, pensado nos mínimos detalhes. Carla, deslumbrada, não acreditava no que via! Sem dúvida, era a mais bela festa de que participara em sua vida!

Ao terminar, as crianças, exaustas, cochilavam pelos cantos. Carla, sempre muito atenta, notara a tristeza de Rafael crescer à medida que a festa chegava ao fim. Aproximando-se dele, perguntou rindo:

– Você e o Marcos prepararam juntos essa loucura toda?

– Claro! Por que acha que eu não participaria da preparação de uma loucura em sua homenagem?! – riu ele também.

– Você está com o carro aí, Rafael?

– Não! Deixei na casa do Marcos e vim com ele e o Miguel. Por quê? Precisa de alguma coisa?

– Não! Deixe! Era pra levar uma amiga pra casa. Vou pedir a outra pessoa – e afastou-se, cheia de ideias.

À saída, agradeceu aos dois a maravilhosa surpresa:

– Só que vou levar Miguel comigo. Hoje ele dorme lá em casa, porque amanhã vamos todos à praia! – disse ela, abraçando Miguel e o filho. – Quanto a vocês, seus malucos – disse a Marcos e Rafael –, corram procurar um eletricista porque o carro do Marcos não vai sair do lugar! E depois façam as contas pra ver quanto gastaram nesta festa incrível! – e foi saindo e deixando os dois rindo, lá atrás.

– Será que ela desligou algum fio do "nosso" carro? – perguntou Marcos, assustado, a Rafael. Os dois correram para verificar. Mas o carro pegou. Rodou dois quilômetros e Marcos parou. Exatamente diante da praia deserta onde sobre a areia tantas vezes rolaram felizes na adolescência. A noite estava linda e quente. A Lua e as estrelas pareciam estar saudando os velhos amigos, enquanto a brisa balançava suavemente as palmeiras.

Olharam-se. Sorriram.

Marcos manobrou o carro e voltou pela orla até sua casa. Não disseram uma única palavra durante todo o percurso. Ambos sentiam grande eletricidade no ar e pensavam no que fazer para apagar aquele hiato sombrio de suas vidas. No entanto, sabiam, os dois, que a beleza é feita de luzes e sombras.

À frente de casa, Marcos parou e esperou que Rafael descesse para apanhar o próprio carro. Mas Rafael permaneceu ali sentado, imóvel, em silêncio. Como Marcos não conseguisse dizer nada, Rafael perguntou calmamente:

– Você vai me convidar para entrar, ou não preciso de convite pra entrar em minha própria casa?... Afinal, não tenho morado aí ultimamente, mas já estou muito cheio de morar aqui fora...

E os dois explodiram numa estrondosa gargalhada.

www.cortezeditora.com.br